현대 소환술사

THE MODERN SUMMONER

현대 소환술사 5

현윤 퓨전 판타지

초판 1쇄 찍은 날 § 2015년 8월 21일
초판 1쇄 펴낸 날 § 2015년 8월 28일

지은이 § 현윤
펴낸이 § 서경석

편집책임 § 이재림

펴낸곳 § 도서출판 청어람
등록번호 § 제387-1999-000006호
등록일자 § 1999. 5. 31
어람번호 § 제1-2211호

주소 § 경기도 부천시 원미구 부일로 483번길 40 서경B/D 3F (우) 420-822
전화 § 032-656-4452   팩스 § 032-656-4453
http://www.chungeoram.com
E-mail § chungeorambook@daum.net

ISBN 979-11-04-90381-6 04810
ISBN 979-11-04-90241-3 (세트)

현대 소환술사

THE MODERN SUMMONER

FUSION FANTASTIC STORY

현윤 퓨전 판타지 소설

5

도서출판 청어람

현대
소환술사

The
MODERN
SUMMONER

CONTENTS

제1장
추격

쓰촨성의 외곽도로.

이곳으로 총 넉 대의 트레일러가 달리고 있었다.

부아아아아아앙!

그리고 그 뒤로 한 대의 승용차가 트레일러들을 바짝 뒤쫓고 있다.

차에 탄 사람은 바로 강수. 그는 지금 자신이 빼앗긴 물건을 되찾기 위해 전속력으로 차를 몰고 있었다.

그런데 이상하게도 저 엄청난 크기의 트럭을 따라잡기가 쉽지 않았다.

'뭐지? 뭐가 저렇게 빨라?'

승용차와는 크기부터 비교가 안 되는 트레일러의 경우엔 거대한 만큼 페널티가 있다.

그것은 바로 강수의 자동차처럼 빨리 달리는 데 특화되어 있지 않다는 것이다.

하지만 그건 거대한 화물을 실었을 때의 얘기다.

트레일러는 승용차에 비해 적게는 네 배, 많게는 다섯 배에 달하는 마력과 출력을 가지고 있다.

한마디로 짐을 싣지 않고 달린다면 승용차와는 비교도 할 수 없는 속력을 갖게 된다는 소리다.

실제로 이탈리아의 스포츠 명가 P사와 트레일러의 명가 S 사에서 각각 슈퍼카와 트레일러의 경주를 펼친 적이 있다.

결과는 트레일러의 승리. 일반적으로 승용차가 더 빠를 것이라는 생각을 완전히 뒤집은 것이다.

그러니까 지금 강수가 따라잡으려 애를 쓰고 있는 저들의 차는 속이 텅텅 비어 있다는 소리다.

더군다나 지금 저들은 거대한 트레일러를 일렬로 세워 도저히 차량이 옆으로 끼어들 수 없도록 하고 있었다.

아무리 강심장이라고 해도 차량의 크기가 다섯 배 이상 나는데 불도저처럼 파고들 수는 없었다.

부아아아아아앙!

그럼에도 불구하고 강수는 그들의 얼굴이라도 확인하기 위해 차를 빠르게 몰았다.

그리곤 트레일러 옆으로 바짝 붙어 범인들의 인상착의를 확인하려 했다.

짙게 선팅이 되어 있는 창문을 열자 범인들의 상반신이 그대로 노출되었다.

"잡았다!"

이제 강수는 저들의 몽타주를 제작하여 경찰에게 넘기기만 하면 될 것이다. 하지만 일이 생각처럼 쉽게 풀리지 않았다.

"보, 복면?"

그들은 일제히 같은 복면을 쓰고 있어 얼굴이 어떻게 생겼는지 알 도리가 없었다.

투시가 가능하다면 몰라도 지금과 같은 상황에선 얼굴을 확인할 길이 없었다.

"제기랄!"

강수는 이를 악물고 그들을 끝까지 쫓았고, 드디어 외곽 국도에서 빠져나와 고속도로로 진입하는 입구가 보였다.

차를 반대로 돌리지 않는 이상 트레일러는 고속도로로 진입하게 될 것이고, 그것이 아니라면 굽이굽이 커브가 계속되는 국도로 가야 할 것이다.

고속도로로 가면 경찰이나 공안이 그들을 잡기 좋을 것이며, 국도로 빠지면 강수가 직접 차에서 뛰어내려 저들 중 한 명을 처단할 수 있을 터였다.

바로 그때, 트레일러 넉 대가 일렬로 줄을 서서 국도 입구로 향했다.

"됐다!"

이제 그는 저들의 덜미를 잡을 수 있을 것이고, 화물을 되찾는 것은 식은 죽 먹기처럼 보였다.

하나 그의 예상은 완전히 빗나가고 말았다.

끼이이이익!

"허억!"

강수가 그들을 향해 차를 몰자 그들이 차를 비스듬하게 줄을 세워 정차해버린 것이다.

어쩔 수 없이 차량의 브레이크를 밟은 강수는 그대로 트레일러의 뒤꽁무니를 들이받고 말았다.

쾅!

"크헉!"

그는 다이너마이트를 터뜨려 경찰을 소집할 정도로 멍청한 저들을 잡는 데 그리 오랜 시간이 걸리지 않을 것이라고 생각했다.

하지만 의외로 일은 점점 어렵게 꼬여가고 있었다.

부아아아앙!

트레일러들은 다시 시동을 걸어 출발했지만, 강수는 충격으로 인해 그 자리에서 약 5분간 머물 수밖에 없었다.

*　　　　*　　　　*

중국 산둥성 지난시.

강수는 이곳 국도에 차를 세워둔 채 서 있었다.

"생각보다 용의주도한 놈들이군."

처음 쓰촨성에서 물건을 도둑맞고 난 후 강수는 그들이 틀림없이 아마추어 도적단이라고 생각했다.

하지만 그들을 쫓으면 쫓을수록 그게 아니라는 생각이 들었다.

아무리 멍청한 사람이라고 해도 쓰촨성 한복판에서 다이너마이트를 터뜨려 주위를 끌 리 없었다.

물론 이것이 시선을 집중시키기에는 가장 좋은 방법이긴 하지만 잘못하면 공안을 끌어들여 도망자가 될 수도 있기 때문이다.

그러나 그들의 이런 어처구니없는 전략은 의외로 공안을 아주 효과적으로 따돌리는 수단이 되었다.

현재 공안은 그들이 어떻게 물건을 운반했는지조차 파악

하지 못하고 있었다.

폭탄이 터졌을 때 공안은 민간인을 먼저 통제했기 때문에 도둑들의 신원을 파악하지 못했다.

한마디로 그들의 과감한 범죄 행각 탓에 공안은 바보처럼 먼 산만 바라보게 된 셈이다.

강수는 답답한 마음에 한숨을 내쉬었다.

"후우, 이놈들, 도대체 언제부터 나의 물건을 노리고 있던 거지?"

아무리 생각해 봐도 그렇게 대담한 탈취를 기획하면서 목표물을 선정하지 않았을 리 없었다.

그렇다는 것은 처음부터 강수가 이곳을 지난다는 것을 알고 있었다는 소리다.

그는 가만히 생각에 잠겼다.

"흐음……."

지금까지 그들을 추격한 결과, 탈취 방법은 허술했지만 도망가는 데엔 아주 도가 터 있었다.

저들은 도망 나흘째까지 무려 경로를 네 번이나 바꾸며 강수를 따돌리려 했다.

이 넓은 중국의 길을 상당히 잘 안다는 것, 그것은 바로 저들이 밀수와도 상당히 밀접한 관련이 있다는 소리였다.

주로 밀수로 밥을 먹고사는 사람들은 경찰, 공안의 위협을 피해야 하기 때문에 도망가는 데엔 거의 전문가나 다름없었다.

또한 도망을 잘 가려면 운송 수단을 무기로 이용하는 대담함과 국도와 고속도로의 길을 모두 외워야 한다.

지금 강수가 쫓는 저들은 위와 같은 조건을 전부 다 충족시키고 있었다.

"밀수단이라니, 내가 그런 놈들에게 신분이 노출된 적이 있던가?"

아무리 머리를 쥐어짜도 저들과의 접점을 찾아낼 수 없었다.

그렇게 길고 긴 추격을 이어가던 그때, 강수의 전화기가 울렸다.

전화를 건 사람은 명두였다.

"그래, 나다."

─형님, 지금 공안에서 저들의 목적지를 알아냈답니다.

"목적지를?"

─형님께서 말씀하신 차량은 지금 하얼빈으로 향하고 있는 것 같답니다.

"하얼빈이라……."

김명두는 강수의 지시로 중국 공안에 이 사건을 의뢰하였고, 그들은 지금 중국 전역의 CCTV를 모조리 다 뒤지고 있었다.

이번 사건으로 민간인이 사망했기 때문에 지금 그들은 혈안이 되어 범인을 뒤쫓고 있었다.

강수는 그들을 뒤쫓으면서 단 하나의 단서를 알아냈는데, 그것은 바로 차량의 번호판이었다.

그들이 도로를 내달리다가 차를 버리고 트레일러를 바꿔치기한다면 방법이 없겠지만, 최소한 지금 공안이 용의자를 특정 짓는 데 이보다 더 좋은 제보는 없었다.

공안은 그들이 달린 노선을 따라서 가상의 목적지를 산출해 냈는데, 그곳이 바로 하얼빈이었던 것이다.

"좋아, 그렇다면 나는 지금 당장 하얼빈으로 향하겠다. 너는 계속해서 공안과 협조해서 놈들을 쫓을 수 있도록."

─예, 알겠습니다.

정말로 그들이 하얼빈으로 향할지는 알 수 없으나, 지금 강수가 할 수 있는 것은 오로지 보이는 대로 차를 모는 것뿐이었다.

*   *   *

중국 교통부 산하 도로상황본부.

중국 공안은 이곳에 수사본부를 꾸렸다.

그들의 목적은 현재 강수의 제보로 인해 밝혀진 범인들의 동선을 파악하여 체포에 성공하는 것이다.

수사본부를 총괄하게 된 청루이안 부장은 실시간으로 집계되는 그들의 동선을 계속해서 주시하는 중이었다.

"현재 넉 대의 트레일러가 베이징을 지나 청더시에 진입했습니다!"

"번호판은 확보했나?"

"예, 그렇습니다."

"차량 정보는?"

"아무래도 대포차량이 아닌가 싶습니다."

그는 도로상황본부 전광판을 통해 비춰지고 있는 네 대의 트레일러를 예의주시했다.

차량의 번호판 외엔 다른 정보를 일체 알아낼 수 없는 상황이지만, 그는 어떤 악조건 속에서도 반드시 범인을 검거해 내던 사람이다.

청루이안은 번호판과 차량의 외형 등을 주도면밀하게 분석하기 시작했다.

저들이 지금 몰고 있는 번호에는 차량이 등록되었던 곳의 정보가 고스란히 적혀 있었다.

그는 머릿속으로 해당 번호판이 어디에서 온 것인지 아주 빠르게 생각해 봤다.

'칭다오, 칭다오다.'

노란색 번호판은 대형차에 부여되는 색이고, 그 안에 들어간 초성과 알파벳은 산둥성 칭다오시의 번호다.

뒤 번호는 몰라도 초성은 바꿀 수 없을 테니 거래되었던 흔적만 찾으면 덜미를 잡을 수도 있을 것이다.

이윽고 그는 바로 아래의 부하에게 말했다.

"지금 당장 칭다오시의 공안에게 연락해서 최근 한 달 안에 명의 이전된 트레일러가 있는지 알아보게."

"하지만 한 달 안에 명의 이전된 차량은 상당히 많을 텐데요?"

"찾아야 하네. 반드시 저놈들을 잡아야 추가 피해를 막을 수 있어."

"예, 알겠습니다."

그는 어차피 일어난 일에 대해선 신경 쓰지 않고 앞으로가 더 중요하다고 생각하는 사람 중 하나였다.

지금부터라도 인명 피해를 줄인다면 범인이 저지른 일은 자연스럽게 수습될 것이기 때문이다.

'이놈들, 반드시 법의 심판을 받게 해주마!'

테러에 대해선 비교적 안전하다고 생각되었던 중국에서 이런 일이 벌어지다니, 공안으로서 굳건한 자부심을 가지고 있던 그에겐 크나큰 충격이 아닐 수 없었다.

지금 그는 범인을 잡는 것 외엔 아무것도 귀에 들어오지 않았다.

*　　　*　　　*

범인들의 차량이 계속해서 하얼빈으로 향하고 있을 때, 청루이안은 부하들과 함께 산둥성에서 거래되었던 차량 중에서 현재의 차량과 차종이 같은 것만 추려내고 있었다.

하지만 범행에 쓰인 차량이 워낙 흔한 메이커에다 상당히 유명한 차종이기 때문에 거래된 흔적이 한두 건이 아니었다.

그러나 24톤급 트레일러 거래량은 승용차와는 달리 덩어리가 상당히 크기 때문에 대략 150건 정도로 일축시킬 수 있었다.

벌써 두 시간째 자리에 앉아 차량 정보만을 뒤적거리던 청루이안은 이내 비슷한 정보를 발견했다.

'뒷자리가 두 개나 일치하는군. 이 정도면…….'

그는 해당 차량에 대한 정보를 지방정부에 넘겼고, 그들은 아주 빠른 검색을 통해 차량 정보를 전달해 왔다.

그러자 그 차량이 언제 팔렸고, 언제 명의 등록이 되었는지 뽑혀 나왔다.

[2010년 8월 2일―(주)KNF 스피드론]

'제2금융? 아니지, KNF 정도면 제3금융이라고 할 수 있겠군.'

금융권은 크게 세 가지로 분류할 수 있다.

가장 먼저 흔히 은행이라는 이름의 금융기관이 제1금융권, 그리고 비금융권이라고 불리는 제2금융권, 마지막으로 공식적으로 금융기관으로 분류되지 않는 제3금융권이다.

제1금융권은 흔히 주변에서 가장 많이 보이는 시중 은행과 수출입이나 중소기업 진흥을 위한 특수은행 등으로 구성된다.

또한 지방의 상호가 붙은 지방은행도 제1금융권으로 분류된다.

이러한 은행들은 사람들이 가장 많이 사용하며, 그 규모와 영업력이 금융계에 끼치는 영향력이 상당히 크다.

그래서 금융계에선 은행권을 제1금융권으로 분류하는 것이나 사실상 1금융과 2금융의 업무상 차이는 그리 많지 않았다.

제2금융권은 비은행 금융기관이라고도 불리는데, 증권회사, 보험회사, 저축은행, 새마을금고, 투자신탁회사, 종합금융회사, 신용협동조합 등이 제2금융권으로 분류된다.

이들 제2금융권은 은행을 제외한 금융기관으로서 대출이나 예금 등의 업무는 당연히 처리가 가능하다.

이러한 금융기관을 제외한 사채업체, 대부업체들은 제3금융권으로 분류되어 사실상 금융계에선 분류 자체가 되지 않는다.

하지만 제1금융권이나 제2금융권에서 대출을 받을 수 없는 사람들은 이곳 제3금융권에서 대출을 받기 때문에 경제가 위기에 근접할수록 제3금융권은 가파른 성장세를 보이게 된다.

지금 청루이안이 상기시킨 이 KNF 역시 제3금융권으로 사금융에 분류되는 기업이다.

KNF 스피드론은 3년 전에 중국 시장에 나타나 이름을 알렸으나, 한국계 대기업의 비리에 연루되어 유명무실한 회사가 되어버렸다.

그 이후론 아예 이름을 들어보기가 힘들던 회사가 바로 KNF였다.

만약 KNF가 한국계 재벌과 엮이지 않았다면 청루이안은 이 이름조차 들어보지 못했을 것이다.

하지만 그런 KNF가 다시 모습을 드러내다니, 청루이안은 연신 고개를 갸웃거렸다.

'저들이 언제부터 범죄에 손을 대기 시작한 거지?'

아직 자세한 내막은 알 수가 없지만 KNF가 이번 사건에 어떤 식으로든 사용되었다는 것만큼은 틀림없어 보였다.

그는 곁에 앉은 부하에게 해당 회사에 대한 정보 수집을 지시했다.

"링링."

"예, 부장님."

"지금 자네는 당장 베이징 중앙정부와 연결하여 KNF 스피드론에 대한 정보를 열람해 오게."

"KNF 스피드론은 이미 없어지지 않았습니까?"

"공식적으론 그랬지. 하지만 아직도 상호가 그대로 사용되고 있는 것 같아."

"알겠습니다. 이들에 대한 정보와 배후만 캐오면 되는 겁니까?"

"그래. 최대한 가까이 접근해서 철저히 조사하게."

"예, 부장님."

저들이 KNF와 관련이 있다는 것을 알았으니 이제 그는 3년 전에 조사를 받은 한국계 재벌의 정보를 수집하기로 했다.

*　　　*　　　*

지린 성 창춘시에서 헤이룽장 성 하얼빈으로 향하는 길목.

강수는 괴한들과 불과 1시간의 거리를 두고 바짝 추격하는 중이었다.

지금 강수의 머리에는 붕대와 거즈가 덧대어져 있었는데,

차량 사고로 인해 일어난 출혈 때문이었다.

두개골에 이상은 없어 보였지만 차량과 차량이 충돌하면서 생긴 타격으로 인해 혈관이 터진 것이다.

그 때문에 지금 그의 승용차는 보닛이 전부 다 일그러져 형체를 찾아볼 수가 없었으며, 운전석 내부에는 피가 잔뜩 튀어 있었다.

아마 모르는 사람이 보았다면 차에서 살인 사건이라도 일어났다고 생각할 정도였다.

강수는 차량을 몰며 이를 갈았다.

"잡아서 코에 짬뽕 국물을 부어주마!"

한 번 당한 것은 죽어서도 잊지 않는 강수에게 지금의 상황은 도저히 용납할 수 없는 일이었다.

물건을 도둑맞은 것도 억울한데 몸까지 다쳤으니 꼭지가 돌지 않으면 오히려 이상한 일이다.

복수를 향한 열망으로 가득 찬 강수가 한 시간가량 차를 몰았을 때, 저 멀리 지린 성에서 헤이룽장 성으로 넘어간다는 푯말이 보였다.

"다 왔다! 이런 개새끼들!"

이제 그는 김명두가 공안에게서 받은 정보를 토대로 범인들이 숨어들었을 만한 곳을 찾아 돌아다닐 것이다.

하지만 바로 그때였다.

그가 고속도로에서 나와 국도로 접어드는 순간, 승용차의 측면으로 승합차 한 대가 달려와 그대로 들이받았다.

콰앙!

"크헉!"

골수가 흔들리는 충격을 받은 강수는 가까스로 목숨을 건졌으나 차량은 거의 완파 수준에 이르고 말았다.

이윽고 차에서 내리기 위해 몸을 일으키던 강수는 자신의 목덜미에 드리운 칼날을 보았다.

스릉!

"아무 소리도 내지 마라."

"…누구냐?"

"알 것 없다. 일단 차에서 내려."

말끔하게 생긴 청년, 그의 입에서는 분명 한국어가 흘러나왔다.

강수는 이 사람이 누구인지 어렴풋이 알 것 같았다.

'해결사라는 놈이 바로 이 녀석인 모양이군.'

그 언젠가 명두는 강수에게 북동그룹의 해결사라는 인물에 대해 경고한 적이 있다.

북동그룹의 해결사는 은밀하고 치밀하며 먹잇감을 절대로 놓치는 법이 없는 엘리트 중의 엘리트라고 했다.

아무래도 지금 이런 말도 안 되는 사고를 일으켜 강수를 몰아붙인 것도 모두 다 그의 소행인 것 같았다.

"이 새끼, 네놈이 이 모든 일을 꾸민 것이냐?"

"말이 많군. 주둥아리가 길면 장수할 수 없다는 것을 모르는 것인가?"

"동문서답이 아주 몸에 밴 놈이로군."

이윽고 강수는 자신의 손에 엔트의 넝쿨을 소환하였다.

쿠그그그그그.

그는 자신의 권속들이 가진 능력의 일부를 사용할 수도 있었는데, 지금 이 순간에 가장 필요한 것은 상대방의 몸을 속박시키는 것이었다.

강수는 그의 허벅지에 뾰족하게 다듬어진 엔트의 줄기를 그대로 찔러 넣었다.

푸하아악!

"크하아악!"

"개새끼, 아프지? 나도 아프다!"

허벅지에 성인 남성 주먹만 한 구멍이 뚫린 그는 자신도 모르게 비명을 내질렀고, 강수는 그 틈을 타 차에서 내릴 수 있었다.

끼기기기기기긱!

"으으윽!"

몸에 있는 마력을 끌어올려 비약적으로 신체능력을 상승

시킨 강수는 찌그러진 차량의 문을 뚫고 나왔다.

그리곤 오른손에 뾰족한 칼날을 소환하여 해결사로 보이는 청년의 목덜미에 겨누었다.

척!

"자, 이젠 서로 입장이 바뀐 것 같군."

"······."

"말해라. 너는 양희진이 보낸 해결사가 맞나?"

"질문에 대답하지 않는다면?"

"네놈은 죽은 목숨이라고 말해 주고 싶군."

"글쎄, 길고 짧은 것은 대봐야 아는 일이고."

해결사는 말을 맺자마자 날카롭게 벼려진 잭나이프를 좌우로 휘둘러 강수의 손목을 쳐냈다.

티잉!

그리곤 곧바로 강수의 목덜미를 노리며 칼을 뻗었다.

'보통내기가 아니군.'

허벅지를 관통당한 상태로 칼을 휘두른다는 것도 놀라운 판국에 정확하게 목덜미를 노리고 들어오는 공격이라니 강수는 속으로 혀를 내둘렀다.

하지만 그것도 잠시, 그는 어서 빨리 상황을 정리하겠다는 일념 하에 검을 휘둘렀다.

까앙!

"제법이군. 하지만 여기까지다. 네놈이 설치는 꼴을 더 이상 두고 볼 수가 없군."

강수는 그의 공격을 막아낸 후 잠시 거리를 벌려 손에 물과 불을 동시에 소환해 냈다.

그러자 주변이 온통 새하얀 안개로 가득 차기 시작했다.

취이이이이이익!

"아, 안개가?!"

그가 당황하는 사이 강수는 재빨리 안개 속에서 주문을 외워 마나포탈을 만들어냈다.

'소환!'

지이이이이잉!

마나포탈이 열리면서 강수의 권속들이 줄줄이 모습을 드러냈다.

"키헥, 키헥!"

"키헥! 마스터, 부르셨습니까?"

강수의 앞에 소환된 이들은 다름 아닌 고블린으로 살인에 있어선 일가견이 있는 놈들이다.

그는 안개가 걷히기 전에 해결사를 잡아들일 것을 지시했다.

"나의 적이 안개 속에 있다. 잡아서 데려와라."

"키헥! 알겠습니다."

총 스무 마리의 고블린은 극도로 발달된 후각을 이용하여 해결사를 찾아다니기 시작했다.

"킁킁킁."

"키헥! 이쪽이다. 놈이 이쪽에 있는 것 같다."

"크르르릉! 잡아라!"

고블린은 그들이 주로 사용하는 단도를 들고 해결사를 향해 달려들었고, 그는 나이프를 휘두르며 결사 항전했다.

서걱서걱!

"죽어! 죽으란 말이다!"

"키헥! 이 새끼, 간지럽다!"

키헥 투는 주특기인 아킬레스건 베기로 해결사의 발목을 그대로 베어버렸다.

푸욱!

"으헉!"

그리곤 그대로 말아 쥔 주먹으로 얼굴을 후려갈겼다.

퍼억!

"끄허억!"

"키헥, 키헥! 이놈이 마스터를 해쳤다! 복수하자!"

"키헥, 키헥!"

고블린의 폭력성은 유감없이 발휘되어 딱 그가 죽기 직전까지 무자비하게 구타를 자행했다.

퍽퍽퍽퍽퍽!

"크헉, 크허억!"

온몸의 뼈가 다 부러지고 내장이 파열되기 직전이지만, 절묘하게도 고블린은 목숨에는 지장이 없을 정도로 해결사를 두들겨 팼다.

키헥 투가 나타난 지 겨우 3분 만에 해결사는 초주검이 되어 강수의 앞에 끌려왔다.

"허억, 허억!"

"빌어먹을 자식, 감히 나를 미행하고 살해하려 하다니, 간이 커도 이지간히 큰 놈이군."

"…죽여라!"

"후후, 죽이긴 왜 죽여?"

이윽고 강수는 그의 머리에 몽둥이질을 시작했고, 결국 그는 정신줄을 놓고 말았다.

*   *   *

하얼빈 외곽에 위치한 작은 농가.

강수는 이곳에 양희진의 해결사를 묶어놓고 심문하는 중이었다.

촤락!

"어푸, 어푸!"

머리를 맞아 깊게 잠들어 있던 그가 강수가 뿌린 찬물에 정신을 차렸다.

강수는 낮게 가라앉은 눈으로 그를 바라보며 물었다.

"해결사라는 것은 짐작했다. 하지만 어째서 내 짐까지 빼돌리면서 상황을 꼬아버린 것이지? 양희진이 그렇게 지시했나?"

"…양희진에 대해서 알고 있나?"

그의 질문에 오히려 반문하는 해결사. 강수는 그의 턱을 걷어차 버렸다.

퍼억!

"쿨럭쿨럭!"

"질문은 내가 한다. 너는 그저 답변만 하면 된다."

"…지독하게 일방적인 조건이군."

"아마 내가 묶여 있었다면 반대로 비슷한 상황이 벌어지지 않았을까?"

만약 그가 강수를 죽이려 했다면 차로 들이받았을 때 죽여도 이상할 것이 없었다.

하지만 그는 분명 일말의 손속을 두었고, 그로 인하여 강수는 죽지 않고 버틸 수 있었다.

아마도 그는 강수에 대해 뭔가 주도면밀하게 조사하려는

것 같았다.

"다시 한 번 묻지. 양희진이 상황을 이렇게까지 악화시키도록 지시한 것인가?"

"궁금하면 그년에게 직접 묻지 그러나?"

"후후, 그럴 수 있었다면 진작 그랬지. 하지만 지금은 때가 아닌 것 같다."

강수는 결코 입을 열 것 같지 않은 그에게 특단의 조치를 취하기로 했다.

"그래, 앞으로도 계속 그렇게 뻗대 봐라. 진정한 지옥이 어떤 것인지 제대로 맛보게 해주지."

그는 마나의 아공간을 열어 이곳에 엔트 중묘목 한 그루를 소환해 냈다.

사그락사그락.

강수는 엔트 중묘목의 잔뿌리를 해결사의 목덜미에 그대로 찔러 넣었다.

푸욱!

"끄, 끄아아아아아악!"

"요즘 이 녀석이 메말라 가는 것 같아. 혹시 식인식물이라고 들어봤나?"

"시, 식인식물?"

"이놈은 자신이 원하는 만큼 네놈의 양분을 빼앗아 먹으며 자라날 것이다. 그리고 중묘목에서 성목이 되는 순간 네놈을 뼈째 씹어 먹겠지. 그것도 아주 고통스럽게 말이다."

"이, 이런 미친놈!"

"후후, 그러게 이런 미친놈을 누가 건드리라고 했던가?"

그는 해결사의 몸에 중묘목의 뿌리를 꽂아 넣은 채 돌아섰고, 이내 창고의 문을 굳게 닫아버렸다.

제2장
헛다리

8월의 늦은 밤, 중국 하얼빈에는 비가 내리고 있었다.

쏴아아아아아!

끝도 없이 쏟아지는 비를 뚫고 하얼빈 외곽에 위치한 농가로 한 청년이 들어섰다.

끼이이익.

아무도 없는 것 같은 이 농가에는 한 사내가 손발이 꽁꽁 묶인 채로 누워 있었고, 그 목덜미에는 나무의 줄기로 보이는 것이 꽂혀 있었다.

문을 열고 들어선 청년은 희미하게 정신을 차린 사내에게 물었다.

"어이, 잘 잤나? 몸은 좀 어때?"

"…개……."

사내는 입을 열 힘도 남아 있지 않은 것 같았는데, 얼굴은 수척하고 뼈밖에 남지 않은 상태였다.

아마 지금 이렇게 입을 연 것도 그나마 남아 있는 힘을 죄다 쥐어짜 냈기 때문이다.

청년은 실소를 흘렸다.

"지독한 자식. 그래, 그렇게 계속 뻗대 봐. 죽음이 닥치면 인간이 얼마나 간사해지는지 아주 뼈가 저리도록 느끼게 될 것이다."

"……."

청년은 이내 다시 농가의 문을 닫아버렸고, 사내는 황망한 눈으로 다시 천장을 응시했다.

*　　　*　　　*

감금 이틀째. 강수에 의해 수액을 쪽쪽 빨아 먹히고 있는 김예성은 어서 죽기만을 바라고 있었다.

하지만 좀처럼 목숨이 끊어지지 않고 있었는데, 아무래도 나무가 빨아들인 수액의 일부분을 계속해서 주입해 주고 있는 것 같았다.

산 채로 진액만 추출당하면서 지낸다는 것은 여간 힘들고 지치는 일이 아니었다.

그나마 고문을 당하면 고통으로 인해 엔도르핀이라도 돌지만, 수액을 빨아 먹히는 일은 몸에서 그 어떤 반응도 일어나지 않았다.

아니, 오히려 자신이 죽었는지 살았는지 헷갈리는 지경에 이르렀다.

김예성은 강수가 자신에게 자행하고 있는 이 짓이 얼마나 잔악하고 지독한 일인지 뼈저리도록 느끼고 있었다.

만약 그가 강수의 입장이었다면 벌써 목숨을 끊어주고 말았을 정도로 고통스러웠다.

끼이익.

다시 문이 열렸고, 김예성은 간신히 눈동자를 굴려 자신을 향해 다가오는 강수를 바라보았다.

그는 여전히 옅은 미소를 짓고 있었으며, 한 손에는 치킨으로 보이는 상자를 들고 있었다.

"킁킁!"

이틀째 고문을 당하느라 배가 등가죽에 달라붙은 김예성은 음식을 보자마자 이성을 잃고 말았다.

"우우, 우우우우!"

사람이 극한으로 몰리면 과연 어떻게 되는지 잘 안다고 생각하던 김예성은 자신이 얼마나 오만했는지 깨달았다.

벌써 이틀 동안 수액을 빨리고 나니 자존심이고 뭐고 모두 버릴 수밖에 없게 된 것이다.

강수는 그런 그의 앞에 자리를 펴고 앉아 치킨을 뜯어 먹기 시작했다.

우드득, 우드드득!

"으음, 좋은데? 요즘 한국의 치맥이 중국에서 유행이라면서? 그래서 그런지 치킨집이 아주 문전성시를 이루고 있더군."

"꿀꺽!"

"어때? 먹고 싶어?"

김예성은 죽을힘을 다해 고개를 끄덕였지만 강수는 치킨을 줄 생각이 전혀 없어 보였다.

바사삭!

"으음, 좋은데? 중국의 치킨 기술이 꽤 많이 발전한 모양이야. 튀김옷이 느끼하지 않으면서도 아주 바삭해. 이런 가게는 한국에서도 좀처럼 발견하기 힘들거든."

"우우, 우우우!"

지금까지 그리 긴 인생을 살아온 것은 아니지만 그는 나름대로 자신이 산전수전 다 겪었다고 생각했다.

하지만 지금 생각해 보니 그것 역시 말도 안 되는 오만이었다.

설마하니 자신이 먹을 것을 가지고 이렇게까지 비참한 상황에 놓이게 될 줄은 꿈에도 몰랐다.

"우우, 우우!"

"후후, 그래, 먹고 싶다는 것 다 안다. 하지만 나로선 어쩔 수 없는 선택이다. 네가 내 말을 듣지 않는데 뭘 어쩌겠나?"

"흑흑!"

배가 너무 고픈 나머지 그는 자신도 모르게 눈물을 흘렸고, 그제야 강수가 치킨의 조각을 조금 떼어 그의 입에 넣어주었다.

바삭!

"우우우!"

"어때? 좋지? 이런 맛이라면 아주 영혼이라도 팔 것 같지?"

강수가 떼어내 준 치킨 한 조각은 고소하면서도 촉촉하고 바삭하고도 쫄깃한 맛이 아주 일품이었다.

평상시에는 쳐다보지도 않았을 정크 푸드지만, 지금만큼은 세상 그 어떤 산해진미보다도 맛있게 느껴졌다.

그는 치킨을 한 입 더 먹고 싶다는 생각에 미친 듯이 몸을 꿈틀거리며 강수에게 애원하기 시작했다.

"제, 제발……."

"제발… 뭐?"

"하, 한 입……."

"한 입만 달라고?"

"예, 예!"

몸에 힘이 하나도 남아 있지 않은 상태이건만 도대체 어떻게 입을 열어 말을 한 것인지 믿어지지 않는 김예성이다.

그러나 강수는 더 이상 볼일이 없다는 듯 자리에서 일어섰다.

"영차! 이제 먹었으니 움직여야지?"

"우, 우우?"

"난 간다. 그럼 기운 차려서 그 치킨을 먹을 수 있도록 해봐."

이윽고 강수는 그대로 창고를 나섰고, 그는 죽을힘을 다해 손가락과 발가락을 움직이기 시작했다.

그리고 잠시 후, 결국 그는 초인적인 힘을 발휘하여 치킨에 손을 대기에 이르렀다.

"하, 하하, 하하하!"

치킨을 손에 넣은 그는 세상 부러울 것 없다는 듯 기뻐했으며, 심지어는 참고 있던 눈물까지 흘렸다.

"흑흑, 흑흑!"

그러나 세상은 그리 호락호락한 것이 아닌 모양이다.

치킨을 손에 쥔 그의 앞으로 얼마 전 보았던 고블린들이 줄을 지어 들어섰다.

콰앙!

"키헥, 키헥!"

"키헥! 이놈, 우리도 못 먹는 치킨을 손에 넣었군!"

"키헥, 키헥! 죽이자!"

"우, 우우우?!"

그가 원한 것은 그저 치킨 한 입 먹는 것이었지만, 고블린들이 그것을 허락할 리 없었다.

퍼억!

"우우욱!"

"키헥, 키헥! 죄인이 치킨은 무슨 치킨! 죽어라!"

퍽퍽퍽퍽!

고블린들은 김예성의 갈비뼈가 다 부러질 때까지 집단 구타를 자행했고, 그는 소중하게 잡고 있던 치킨을 바닥에 떨어뜨리고 말았다.

"흑흑!"

"키헥! 더러운 놈, 치킨 하나 때문에 눈물을 흘리다니, 나약하기 짝이 없는 놈이구나."

고블린들은 그의 머리에 침을 뱉더니 이내 자리에서 일어나 창고를 나섰다.

결국 치킨은 먹지도 못 한 채 굴욕만 당한 김예성은 고통에 몸부림치기 시작했다.

　"우우우욱, 으아아아악!"

　인간으로서 느끼게 되는 모멸감 중 어지간한 것은 다 느껴 보았다고 자신하던 김예성은 스스로 그 생각을 고쳐먹을 수밖에 없었다.

＊　　　＊　　　＊

　감금 삼 일째. 강수는 보쌈김치를 얹은 족발을 들고 김예성을 찾았다.

　엔트 중묘목에게 목덜미를 잡혀 살아 있는 인간 수액이 되어버린 그는 거의 다 죽어가고 있었다.

　"허억, 허억……."

　"여어, 잘 지냈나?"

　강수가 손을 흔들자 그의 왼손에 들려 있던 족발 봉지에서 향긋한 고기 냄새가 풍겨 나왔다.

　그러자 김예성은 잘 움직여지지 않는 몸을 억지로 돌려 강수를 바라보았다.

　"우우?!"

　"그래, 이건 족발이다. 보아하니 네놈도 한국 사람 같은데,

족발이 뭔지는 잘 알겠지?"

김예성이 미친 듯이 고개를 끄덕이사 강수는 실소를 흘렸다.

"후후, 사람은 역시 굶어봐야 인생의 소중함을 알게 된다니까."

"우우!"

그 언젠가 강수는 먹을 것 때문에 한없이 나락으로 떨어져 내린 자신을 본 적이 있다.

그때의 기억은 여전히 지워지지 않고 뇌리에 똑똑하게 각인되어 아직도 강수의 머리에 자리 잡고 있었다.

그만큼 인간의 식욕이란 사람을 추하고 초라하게 만들 수 있는 욕구였다.

강수는 그의 앞에 족발을 내려놓으면서 말했다.

"자, 너는 두 가지 선택을 할 수 있다. 하나는 나의 말을 잘 듣고 족발을 얻어먹는 것, 또 하나는 이대로 평생 배고픔에 시달리면서 사는 것. 과연 너는 어떤 것을 선택할 것인가?"

"우우!"

김예성이 강수의 질문에 온몸을 꿈틀거리며 긍정을 표하자 그는 웃는 얼굴로 족발 포장을 뜯었다.

부욱!

그러자 족발의 고소하면서도 알싸한 향이 퍼져 나가며 창고를 가득 채우기 시작했다.

"우우, 우우우!"

마치 짐승처럼 족발 접시에 얼굴을 처박은 김예성은 허겁지겁 족발을 먹기 시작했고, 강수는 그 장면을 고스란히 카메라에 담았다.

그의 표정과 행동, 심지어는 거친 숨소리까지 전부 영상에 남겼다.

아마도 나중에 그가 이 동영상을 보게 되면 평생 트라우마로 인해 제대로 살아갈 수 없을지도 모른다.

하지만 그것은 강수가 지금 신경 쓸 문제가 아니었다.

자신의 물건을 빼돌린 그를 응징하여 막힌 자금줄을 뚫는 것이 급선무였다.

강수는 가만히 앉아 족발을 먹어 치우는 그를 지켜보았다.

*　　　*　　　*

미친 사람처럼 족발 접시에 입을 푹 담가 게걸스럽게 고기를 먹어치운 김예성은 끝도 없이 찾아오는 자괴감으로 인해 더 이상 살고 싶지 않다는 생각이 들었다.

하지만 한 번 먹고 나니 더더욱 삶에 대한 애착이 생겨났다.

그는 여전히 목에 엔트의 잔뿌리를 달고 있었지만, 강수와 대화하는 데엔 아무런 지장이 없었다.

강수가 그에게 배후에 대해 묻자 그는 사실대로 자신이 지시 받은 내용을 모두 털어놓았다.

"…그년이다. 양희진이 너를 산 채로 잡아오라고 시켰다."

"역시 그렇군. 그년이 시킨 것인 줄 알고 있었어."

복잡한 마음에 연신 눈동자를 이리저리 굴리는 그에게 강수가 말했다.

"그렇게 동요할 필요 없다. 어차피 인간은 자신의 본능에 따라서 살게 되어 있어. 만약 네가 나의 말에 반항했다고 해도 결과는 같았을 거다. 나는 죽이지 않고 끝까지 너를 살려 두었을 것이기 때문이지."

"……."

"좋아, 다시 한 번 묻지. 그년의 지시로 움직인 내 물건은 어디에 있나?"

김예성은 계속되는 강수의 질문에 성실하게 답변해 주고 있었는데 그것은 전부 사실이었다.

하지만 그는 계속해서 같은 대답을 반복하고 있었다.

"나도 그것이 궁금하다. 네가 운반하려던 물건을 아마추어 테러리스트들이 가지고 간 것 같긴 하지만 어디에 숨겨놓았는지는 나도 알 수가 없어."

"흐음, 그게 정말인가?"

"내가 미쳤다고 지금 이 상황에 거짓말을 하겠나?"

"뭐, 그건 그렇군."

그는 자신이 양희진의 지시를 받고 강수를 미행했다는 것을 발설한 것만으로도 충분히 살기 힘들 것이다.

그럼에도 불구하고 계속해서 거짓말을 한다면 스스로 무덤을 파는 격이다.

그나마 강수라도 없다면 그가 설 자리는 점점 더 좁아지기 때문이다.

"그럼 도대체 놈들의 정체가 뭐야?"

"장물아비를 낀 해적이다."

"해적?"

"알다시피 해적은 남의 물건을 약탈하여 살아간다. 그런 그들은 나름대로의 판로도 가지고 있어. 아마도 네게서 빼앗은 물건도 장물로 팔아 치울 생각이었겠지."

"그렇게 단언하는 이유는?"

"네가 도망친 이후 나는 CCTV의 영상을 확보하여 몇 십 번이고 계속 돌려보았다. 그러다 놈들이 타고 있는 자동차 번호판을 발견해 냈다."

그는 품속에서 사진을 한 장 꺼내어 강수에게 내밀었다.

"보이나? 이 번호판은 칭다오의 지역명이 들어가 있다. 그러니까 이들은 최소한 칭다오에서 번호판을 위조했다는 소리지."

"흠……."

"나는 이 번호판을 가지고 중국 뒷골목 정보원을 찾아갔다. 그는 주로 관공서 조회 시스템에 접속하여 원하는 정보를 검색해 주고 그에 대한 수수료를 받아가지. 내가 번호판을 주자 그는 번호판의 정보를 조회해서 나에게 주었다. 그런데 이 차량이 KNF라는 명의로 등록되어 있었다."

그는 강수에게 또 한 장의 사진을 건넸는데, 그곳에는 범인들이 끌고 있는 차량과 조금 다른 번호가 적힌 차량이 들어 있었다.

"이건 번호가 전혀 다른데?"

"당연하다. 아무리 머리가 나쁜 놈들이라고 해도 결코 번호 그대로 차량을 소유하고 있을 리가 없어. 잘못하면 금방 덜미가 잡히거든."

"그럼 너는 이 차량이 KNF의 차량이라는 것을 어떻게 알아냈지?"

"처음 내가 이 번호판을 발견했을 때 한눈에 대포차라는 것을 알아보았다. 입장을 바꾸어본다면 범죄를 저지르기 위해서 철저히 준비했다면 일반적인 차량을 사용했을 것 같지가 않았거든. 그래서 나는 수소문 끝에 칭다오 뒷골목에서 대포차를 팔아먹는다는 놈을 찾아갔다."

강수는 이제 그가 굳이 설명하지 않아도 그림이 그려지는 것 같았다.

"그러니까 너는 이것이 대포차라고 단번에 알아채고 대포차 장사꾼들을 찾아가 놈들을 모조리 족쳤다 이 소리인가?"

"그렇다. 한국에서 차를 가져와서 판다고 하던데, 외국에서 물 건너온 차량에 새로운 차대번호를 부여해서 판매하는 방식이더군."

"그래서 공안도 쉽사리 그들을 잡아낼 수 없었던 것이고?"

"그렇다고 볼 수 있지."

"흠……."

강수는 그에게 KNF에 대해서 물었다.

"내가 알기론 이 회사가 사금융 회사인 것 같은데, 어째서 이것이 범죄에 악용되고 있는 것이지?"

"그건 알 수 없다. 이미 KNF가 망한 회사이니 어쩌면 그들이 아주 오래전에 저당 잡아 두었던 번호판이 아직도 남아 있는 것인지도 모르고."

"실마리를 잡기가 쉽지는 않겠군."

"하지만 아주 방법이 없는 것은 아니다. 이곳 하얼빈은 물류허브이니 잘만 알아보면 KNF라는 이름으로 거래되는 항만시설이 있을 것이다. 그렇다면 덜미를 잡을 수도 있겠지."

"그렇군."

강수는 그를 풀어주며 말했다.

"너에게 자유를 주겠다. 하지만 이것은 순전히 너의 손발이 자유롭다는 뜻일 뿐, 네가 나의 속박에서 벗어났다는 것은 아니다. 너는 이번 일이 끝날 때까지 나를 도와서 놈들을 잡아야 한다."

"…만약 내가 반항한다면?"

"알아서 결정해라. 지금까지 네가 겪은 고통은 결코 아무것도 아니라는 것을 깨닫게 해줄 테니."

"……"

"아참, 그리고 네놈은 이제 더 이상 한국으로 함부로 돌아갈 수 없는 몸 아니냐? 이미 나에게 양희진에 대한 정보를 다 불어버린 마당이 이 짓거리를 더 해먹을 수나 있겠어?"

가만히 강수의 얼굴을 바라보던 김예성이 이내 떨떠름한 표정으로 대답했다.

"좋다, 너를 따르겠다. 하지만 이번 일이 마무리되면 나를 놓아주어야 한다. 그렇지 않으면 차라리 이 자리에서 혀를 깨물고 죽어버리겠다."

"후후, 그러한 고통을 또다시 겪는 것이 죽을 만큼 싫은 모양이군."

"물론이다. 겪어보지 않은 사람은 그 고통에 대해서 논할

자격도 없다."

강수는 흔쾌히 고개를 끄덕였다.

"그래, 알겠다. 이번 일이 끝나면 너를 풀어주도록 하지. 그리고 다시는 네놈을 잡아서 족치는 일은 없을 것이다."

"…듣던 중 반가운 소리군."

"단, 네가 나에게 두 번 다시 피해를 끼치지 않는다는 가정 하에 말이다."

"알겠다. 약속하지. 더 이상 너의 뒤를 캐는 일은 없을 것이다."

"좋아, 이로써 계약은 성립되었다. 이젠 어서 빨리 움직이자."

두 사람은 서로 악수를 나누고 곧장 농가를 나서서 하얼빈 시가지로 향했다.

*   *   *

중국 하얼빈은 남으로는 북한과 인접해 있고, 북으로는 러시아와 인접해 있기 때문에 물류허브로 통했다.

또한 중국 10대 도시 중 하나로 과학과 교육의 도시로도 그 이름이 높았다.

그러한 하얼빈은 수많은 물류기지를 보유하고 있었는데,

정부는 이들에게 영리 목적에 대한 수수료를 취하는 형식으로 대여사업의 허가증을 발급했다.

이로 인하여 물류기지는 동북아시아는 물론이고 러시아와 동남아시아와의 교역에도 활발한 물동량을 보여주고 있었다.

강수는 이곳의 물류기지를 돌면서 KNF에 대한 정보를 수소문했다.

하지만 물류기지에서 돌아오는 대답은 모두 똑같았다.

"KNF라… 그 회사의 물건이 선적된다고 보고된 바가 없네요."

"다시 한 번 찾아봐 주시면 안 되겠습니까? 분명 이 사람들이 물건을 보낼 것입니다."

"그래요? 이상하네. 분명 전산 상에는 KNF라는 이름이 없는데요."

그는 벌써 50군데가 넘는 회사를 찾아다니고 있었지만 모두 다 허탕이었다.

애초에 KNF라는 이름을 가진 회사가 물건을 선적하는 일은 없었던 것이다.

마지막으로 가장 큰 회사에서 나온 강수는 곁에 선 김예성을 바라보며 말했다.

"이상하군. 네 말대로라면 이곳에서 놈들의 꼬리를 잡아야 정상이 아닌가?"

"그, 그러게 말이다."

김예성은 점점 굳어가는 강수의 얼굴을 바라보며 말했다.

"아무래도 놈들이 뭔가 수를 쓴 것이 분명하다. 그렇지 않고서야 이런 일이 벌어질 리가 없어."

"그럼 애당초 가닥을 잘못 잡았다는 뜻인가?"

"그럴 가능성이 높다. 내가 놈들을 과소평가한 것 같군."

"흠……."

더 이상 뒤져볼 곳도 남지 않았음에 강수는 깊은 시름에 잠기고 말았다.

그가 컨테이너에 실은 물건들은 상당히 가치가 높은 것이기 때문에 이것을 통째로 잃어버리면 타격이 이만저만이 아니다.

간신히 회사들을 정상 궤도에 올려놓았는데 이게 도대체 무슨 일인가 싶었다.

이제 그가 물러설 곳은 남아 있지 않았다.

"다시 놈들을 조사한다."

"놈들이라면……."

"KNF 말이다. 놈들이 어떤 꼼수를 썼는지 알아보기 위해선 KNF를 조사해 보는 것이 맞아."

"알겠다."

결국 닷새나 날려 버린 강수는 눈물을 머금고 중국의 수도 베이징으로 향했다.

*　　　*　　　*

중국 다롄항.

이곳은 인천으로 향하는 배와 동남아시아로 향하는 배들이 잠시 정박해 쉬어가는 쉼터이자 물류 허브이기도 했다.

또한 관광을 위한 여객선과 원자재 선박들이 중국 횡단열차를 이용하기 위해 대기하는 정거장으로도 사용되었다.

뿌우우우!

거대한 상선들이 줄을 지어 늘어선 다롄항에 두 대의 트레일러가 다가와 베트남으로 가는 배에 컨테이너를 선적하기 시작했다.

트레일러에서 내린 운전기사들은 항만 크레인이 컨테이너를 선적하는 동안 세관직원들에게 다가가 신고서를 작성했다.

마지막 통관 절차인 검수를 마쳤다는 확인필증과 내용증명을 받고 나면 곧장 출발한다.

세관직원들은 미소를 지으며 운전기사들에게 물었다.

"요즘 통 물건을 나르는 일이 없더니 웬일이야? 케이프 제지가 이젠 좀 살 만한가 보지?"

"사정이 좀 좋아지긴 한 것 같아. 이렇게 많은 물건을 보내는 것을 보면 말이야."

"종이 150톤이라… 이 정도면 적어도 1년 치 장사는 족히 빼고도 남겠는데?"

운전기사들은 고개를 가로저으며 너스레를 떨었다.

"에이, 그럴 리가. 지금 회사가 진 빚이 얼만데."

"그래? 사정이 나아졌다고 하더니 아직도 어려운 모양이군."

"한번 휘청거린 회사가 그리 쉽게 일어나겠어?"

"하긴."

1995년 아시아에 찾아온 금융 위기에 타격을 입은 것은 동남아와 한국만이 아니었다.

한참 개발도상국으로 발돋움하던 이들과 직접 교역을 한 케이프 제지 역시 심한 타격을 받았다.

케이프 제지는 이때 대표이사가 교체되고 이사진이 모두 해고되는 구조조정을 거쳐 한국계 기업에게 인수, 합병되었다.

이 과정에서 케이프 제지의 매출은 1/10가량으로 줄어들었고, 지금까지 그 타격이 영향을 끼치고 있었다.

사람들은 케이프 제지가 얼마 지나지 않아 문을 닫을 것이라고 생각했지만, 그 이후로 그들은 어렵게나마 회사의 명맥을 유지해 오고 있었다.

무려 20년, 그 긴 세월 동안 유명무실한 상태로 버텨온 그들은 이따금 동남아로 물건을 보내면서 생계를 꾸려가는 것 같았다.

한 달에 한 번이나 이 주일에 한 번씩 물건을 보내는 이들이지만 항만 세관직원들과는 꽤나 안면이 있었다.

무려 20년 동안이나 이곳에 물건을 날랐던 이들이기에 친해지지 않으려야 않을 수 없었던 것이다.

케이프 제지의 배송기사들은 물건을 선적시킨 후 곧장 하얼빈으로 돌아갈 예정이다.

하지만 그런 그들에게 마지막으로 검수를 끝마친 제2팀이 다가와 붙잡았다.

"케이프 제지!"

"무슨 일인가?"

"자네들 컨테이너에 이런 로고가 붙어 있던데, 혹시 선적을 잘못한 것 아니야?"

"뭐?"

배송기사들은 그들이 건넨 로고를 확인해 보았다.

[KNF 스피드론]

하지만 이런 로고가 붙어 있는지 미처 모르고 있던 그들은 연신 고개를 갸웃거렸다.

"이게 뭐지?"

"꽤나 크게 붙어 있던데?"

"이상하군. 이런 로고가 붙어 있었다면 내가 못 볼 리가 없는데."

그들은 고개를 가로저었다.

"아니, 그럴 수도 있겠어. 이 로고는 바닥에 붙어 있었거든."

"바닥에?"

"그래. 아까도 선적이 잘 안 되는 것 같아서 바닥을 살펴보니 이런 로고가 하나 있었거든. 그래서 자네들을 찾아온 것일세. 행여나 잘못해서 물건이 엉뚱한 곳으로 가면 큰일이잖나."

"그랬군. 하지만 걱정하지 말게. 나는 분명 회사에서 직접 물건을 받아서 전달했을 뿐 아무런 잘못이 없으니까."

"뭐, 그렇다면 다행이고."

컨테이너를 식별하는 데 겉면의 로고는 꽤나 큰 역할을 하지만 가끔가다 그 로고가 잘못되는 경우도 있었다.

다롄은 특히나 꽤 많은 물건이 오가기 때문에 로고가 잘못되었다고 해서 큰 문제를 삼는 사람은 없었다.

다만 그들은 두 개의 컨테이너에서 같은 로고가 발견되어

혹시나 하는 마음에 이곳으로 달려온 것이다.

마지막으로 검수를 마친 그들은 차를 몰아 하얼빈으로 향했다.

"검수 한번 제대로 했군. 아무튼 나는 돌아가네."

"그래, 잘 가게."

이내 배송기사들은 다시 회사로 되돌아갔고, 검수를 진행하던 세관직원들은 다음 검수를 위해 발길을 돌렸다.

*　　　*　　　*

중국 다롄을 출발해 베트남 하노이로 향하는 상선 칭혜인호 안.

리세이민은 컨테이너 박스 안에 들어가 있었다.

그는 이곳에 부하 다섯 명과 함께 잠복해 있었는데, 이대로 하노이까지 여행해서 통관을 마칠 계획이다.

리세이민은 강수에게서 빼돌린 물건을 제3국으로 빼돌리는 데 KNF는 물론이고 케이프 제지까지 동원했다.

강수는 물론이고 공안까지 지금 KNF의 상호가 붙은 컨테이너 박스를 찾기 위해 혈안이 되어 있을 것이다.

하지만 그는 케이프 제지의 명의로 된 컨테이너에 물건을 싣고 베트남으로 출발했다.

이렇게 되면 수사의 동선이 꼬여버리기 때문에 그 누구도 강수의 물건이 하노이로 갔다는 것을 예상할 수 없을 것이다.

이제 물건을 장물아비에게 팔아넘기기만 하면 모든 작업은 일단락되는 셈이다.

리세이민의 부하들은 끝도 없이 쌓여 있는 대리석과 기타 고가의 광물들을 바라보며 흡족한 미소를 지었다.

"역시 위험을 감수한 만큼 보람이 있군요. 이 정도의 양이면 앞으로 얼마간은 돈 걱정 하지 않아도 될 것 같습니다."

"무모한 만큼 돈을 번다. 이것이 바로 우리가 지금까지 버텨온 원동력 아니겠나?"

"하긴, 그건 그렇습니다."

리세이민이 장물아비에게 물건을 넘기면 그는 미국 달러로 환전하여 대금을 지불하게 된다.

이 달러는 전부 유럽이나 러시아에서 나온 것이기 때문에 자금의 출처를 잡힐 리도 없으며, 만약 붙잡힌다고 해도 현금의 출처는 만들어내면 그만이다.

지금까지 리세이민은 이런 식으로 회사를 경영해 왔는데, 노략질로 얻은 물건은 전부 장물아비를 통해 판매했다.

물론 가액의 20%가 넘는 수수료를 바쳐야 하지만 그만한 안전성을 보장하는 장물아비들이니 고리를 뗄 수밖에 없었다.

또한 그는 케이프 제지를 통하여 대부호들의 비자금 조성을 돕고 있었는데, 그에 대한 대가로 수수료를 받고 있었다.

케이프 제지의 이름으로 된 상선에 부호들의 비자금을 싣고 베트남이나 태국으로 이동한 후 그곳에서 현금을 제3국의 은행에 입금하는 형식이었다.

이 과정에서도 장물아비들의 힘이 필요했기 때문에 리세이민은 이들에게 수수료의 30%나 떼어주는 피해를 감수하고 있었다.

하지만 이제 곧 그는 장물아비들에게 굳이 고리를 뜯겨가며 장사를 할 필요가 없어질 것이다.

그는 약 5년 전 양희진에게서 케이프 제지를 인수 받았는데, 이것은 한국 거대 부동산 투기에서 그가 혁혁한 공을 세웠기 때문이다.

이때까지 그는 해적질로 벌어들인 돈으로 조직을 꾸려나가고 있었는데, 케이프 제지를 인수하면서부터는 합법적인 사업에 발을 들일 수 있었다.

케이프 제지의 명의로 저금을 하고 일정의 자본을 만들어 작은 물류회사와 항만시설도 인수하여 제대로 된 회사의 기반을 잡아가고 있었다.

또한 최근에는 KNF 스피드론을 인수하여 사금융까지 진출하려 노리고 있는 중이다.

KNF가 사금융으로 자리를 잡으면 대부호들의 돈을 환어음으로 바꾸어 비자금을 조성해 줄 수 있었다.

그렇게 되면 장물아비들의 30% 대폭리 횡포에서 벗어나 제대로 돈을 모을 수 있을 것이며, 장물의 경우에도 해당 물건을 압류된 급매물로 포장하여 재판매가 가능하다.

한마디로 이제 그는 해적질과 같은 구름 다리를 오가며 돈을 버는 무식한 짓을 하지 않아도 된다는 소리였다.

그러나 이 사업들에는 한 가지 문제가 있었다.

리세이민이 KNF를 인수하는 과정에서 생각보다 큰 부채가 발견되었는데, 이미 재산의 절반을 밀어 넣은 상태라 어쩔 수 없이 그 부채를 끌어안고 인수를 진행할 수밖에 없었다.

그리하여 리세이민은 한화로 무려 300억이라는 빚을 지게 되었고, 그것을 상쇄하기 위해 양희진에게서 일감을 받아서 살인청부까지 실행한 것이다.

하지만 그 모든 계획이 수포로 돌아가면서 그의 모든 자금줄이 막혀 버렸다.

이 상황을 타계할 수 있는 것은 오로지 약탈, 그리고 노략질뿐이었다.

그는 자신이 아는 한 가장 크게 한탕 노릴 수 있는 물건을 빼돌려 이 위기를 헤쳐 나갈 요량이었던 것이다.

이제 이 배가 하노이에 도착하게 되면 그 계획은 전부 완수

되어 회사가 정상적으로 돌아가게 될 것이다.

그는 바퀴벌레 알과 쥐똥이 가득한 컨테이너 안에서 생활하게 되었음에도 불구하고 여전히 미소를 짓고 있다.

'이깟 고생쯤이야.'

지금껏 그는 사람이 할 짓이 못 되는 일로 목숨을 연명해왔다.

이제 그 말도 안 되는 짓거리를 청산하게 생겼으니 지금의 고생쯤이야 별것 아니었던 것이다.

그는 부하들과 함께 쥐똥과 바퀴벌레 알이 없는 곳으로 올라가 잠을 청했다.

"다들 자자. 이제 곧 베트남에 도착할 테니 조금이라도 체력을 비축해 놓아야지."

"예, 알겠습니다."

이것을 장물아비에게 파는 것도 그리 쉬운 일은 아니다.

심력 소모는 물론이고 물건값 대신 총알세례를 받을 수도 있으니 체력을 비축해 둬야 했다.

그들은 약 일주일간의 휴식을 통하여 체력을 비축하기로 했다.

제3장
꼬리를 잡다

　상하이 동방명주.

　강수와 김예성은 이곳에서 벌써 네 시간째 한 사람을 기다리고 있었다.

　자꾸만 시계를 들여다보던 김예성이 초조한 목소리로 말했다.

　"이상하군. 지금쯤이면 올 때가 되었는데."

　"…혹시 나를 속이기 위해 뭔가 꿍꿍이를 숨기고 있는 것 아니야?"

　"그, 그럴 리가 있나? 내가 미치지 않고서야……."

"그렇다면 이 빌어먹을 정보원은 어째서 네 시간째 모습을 드러내지 않고 있는 것이지?"

"나도 그것이 궁금하다. 원래 이럴 사람이 아닌데……."

김예성은 자신이 CIA에 근무했을 때 만난 정보원들을 통해 물건을 빼돌린 이들을 수소문하고 있었다.

그 와중에 KNF에 대한 속사정을 잘 알고 있을 정보원을 만나기로 했고, 지금 두 사람은 벌써 네 시간째 이렇게 기약 없이 기다리고 있는 것이다.

만약 강수가 성질대로 움직였다면 벌써 김예성은 엔트의 먹이가 되어버렸겠지만, 만나기로 한 정보원의 스펙이나 능력이 뛰어났다.

그녀는 현재 상하이 주식시장에서 일하는 유명 애널리스트로 근방에서는 알아주는 점쟁이로 통했다.

나이도, 이름도 정확하지 않은 그녀이지만 제이라는 이름만 대면 방구석의 폐인도 눈을 번쩍 뜰 정도로 명성이 자자했다.

제이가 찍은 주식은 반드시 상한가를 기록했으며, 그녀가 버린 주식들은 100% 폐기 처분되었다.

항간에는 그녀가 주식시장 찌라시를 직접 만들어 뿌린다는 소리까지 나돌았으며, 이 대단한 정보력이 정부에서 나오는 것이라고 말하는 이도 있었다.

그녀의 진짜 정체가 어떻게 되었건 제이는 김예성과 꽤나 깊은 관계를 유지하던 사람이다.

비록 나이와 이름은 몰라도 그녀가 김예성에게 여전히 호감이 있다는 것만큼은 틀림없는 사실이었다.

그런 고로 김예성은 그녀가 자신을 만나러 올 것이라고 확신했지만 결과는 자꾸 처참한 쪽으로 흘러가고 있었다.

"이상하군."

"이상하긴 뭐가 이상해. 두 남자가 한 여자에게 바람맞은 것인데."

"아니, 잠시만."

처음에는 유명 애널리스트라고 해서 그녀에 대해서 철석 같은 믿음을 가지고 있던 강수는 그만큼의 실망감으로 몸을 떨었다.

"…안 되겠다. 평생 나무 수액이나 퍼주면서 살아라."

"자, 잠깐!"

강수가 그의 멱살을 틀어쥔 채 다시 하얼빈으로 향하려 하자 김예성은 두 손이 발이 되도록 빌고 또 빌었다.

"이, 이러지 말자! 이런다고 달라질 것이 뭐가 있나?!"

"달라질 것은 없지. 나는 거지가 되고 너는 평생 나무 물이나 주면서 사는 것이지. 후후, 그래, 어차피 인생은 한 방이야. 알거지가 된다고 해도 열심히 일하면 다시 일어날 수 있지 않겠어? 하지만 네놈은 평생 물이나 주면서 살다가 나무의 먹이가 되어버릴 것이다."

"자, 잠깐만! 진정하고 내 얘기를……."

바로 그때였다.

김예성과 멱살잡이를 하던 강수에게 한 여자가 다가와 말을 걸었다.

"그만하시죠. 보는 사람도 많은데."

"제, 제이?!"

그제야 강수는 김예성의 멱살을 놓아주며 자신에게 말을 걸어온 여자를 바라보았다.

정열적인 빨간 원피스는 마치 중국 치파오를 연상시키듯 다리 부분이 갈라져 있었다. 게다가 그 재질이 스판텍스로 되어 있어, 몸매의 굴곡이 여실히 드러나 있다.

또한 칼을 댄 흔적이 없는 매혹적인 얼굴에 긴 곱슬머리는 안 그래도 섹시한 그녀의 여성성을 더욱 부각시켜 주었다.

한마디로 그녀는 그 어떤 남자가 보아도 단번에 넘어갈 정도로 매력적이었다.

하지만 강수는 지금 그런 그녀의 미모가 눈에 들어올 리 없었다.

"호랑이도 제 말 하면 온다고 하더니… 도대체 어디에 있다가 이제야 나타난 거요?"

"나는 당신들이 오기 전부터 이곳에서 상황을 예의 주시하고 있었어요. 잘못하면 당신들이 공안을 대동하고 올 수도 있다고 생각했거든요."

강수는 그녀의 얼토당토않은 대답에 고개를 갸웃거렸다.

"공안이 무슨 학생들 단속하는 선도부입니까, 이 야밤에 가만있는 당신을 체포하게?"

"…그럴 만한 사정이 있어요. 아무튼 당신들을 기다리게 한 것은 미안해요. 하지만 그렇게밖에 할 수 없었다는 것은 알아주었으면 좋겠네요."

그제야 강수는 조금 안정된 표정으로 숨을 골랐다.

"후우, 이것 참, 세상에 쉬운 일이 하나도 없군."

"생각한 것처럼만 된다면 지금쯤 이 세상은 부자들만 살아가고 있어야겠지요."

"뭐, 그건 그렇지요."

어쩌면 신은 모든 사람에게서 성공이라는 카드를 빼앗아버리고 극히 일부에게만 그 카드를 다시 돌려준 것인지도 모른다.

이 세상의 모든 사람이 극도의 성공만 맛보면서 살았다면 이 세상의 계층은 결코 나뉘지 않았을 테니 말이다.

"아무튼 만나서 반가워요."

이 난리를 뒤로하고 그녀가 강수에게 악수를 청하자 그런 그녀의 손을 잡은 강수 역시 인사에 답했다.

"이강수요. 당신은?"

"제이라고 해두죠."

"그게 이름입니까?"

"뭐, 지금 그런 것이 중요한가요? 당신들이 필요한 것은 정보일 뿐, 나는 정보를 주고 당신들은 나에게 돈을 주면 그만이죠."

실명을 거론하지 않는 것은 그녀의 철칙이라고 들었으니 강수는 이 부분에 대해선 그다지 딴죽을 걸고 싶지 않았다.

"까짓것, 그럼 통성명은 이쯤으로 합시다. 그래요, 중요한 것은 정보이지 당신의 이름이 아니니까."

"생각보다는 말이 잘 통하는군요."

이윽고 그녀는 두 사람을 동방명주 밖으로 안내했다.

"가시죠. 오래 기다리셨으니 저녁이라도 대접할게요."

"좋습니다. 갑시다."

세 사람은 동방명주를 벗어나 상하이 외곽으로 향했다.

*　　　*　　　*

그녀가 두 사람을 안내한 곳은 상하이 뒷골목에 위치한 작은 식당이었는데, 테이블이 불과 네 개밖에 되지 않는 작은 곳이었다.

제이는 이곳에서 먹는 양꼬치가 천하일미라고 극찬했으며, 두 사람은 그녀의 의견에 따라 양꼬치에 맥주를 마시는 중이다.

꿀꺽!

"크흐, 좋구나!"

"역시 양꼬치에는 맥주죠?"

"말로만 들었는데 진짜 칭다오의 맥주는 기가 막히는군요."

중식과는 거리가 먼 강수였기에 처음엔 무슨 양고기로 꼬치를 꿰어 먹는가 생각했다.

하지만 편견은 무서운 법, 한번 먹고 나니 도저히 멈출 수가 없을 정도로 특별한 감칠맛이 있었다.

무려 생맥주를 2,000cc나 마신 강수는 이제 슬슬 본론으로 넘어가기로 했다.

"밥은 이제 다 먹었으니 본론으로 넘어갑시다. KNF는 뭐 하는 집단인가요?"

그녀는 자신이 준비한 파일을 확수에게 건네며 답했다.

"말 그대로 사금융회사예요. 불법도 아니고 합법도 아닌 영리기관이죠. 사람들에게 돈을 빌려주고 돈을 받는, 그야말로 아주 흔하디흔한 사채업소라고 할 수 있지요."

"흐음."

"하지만 특이한 점이 하나 있어요."

제이는 강수에게 또 다른 파일 하나를 건넸다.

"최근에 이 KNF를 인수한 회사가 있어요. 바로 케이프 페이퍼컴퍼니죠. 이들은 1995년도에 한국의 IMF 파동, 동남아시아 경제위기와 함께 거의 수장될 뻔한 회사예요. 그런데 최근 3년 사이에 명의 이전이 이뤄졌어요. 그 이후론 무려 3년 동안이나 아무런 활동이 없다가 불현듯 KNF를 인수했어요."

"흠, 망한 회사들만 골라서 인수했다……."

"그래요. 사람들의 인식 속에는 분명 이들 회사가 망한 곳이라고 자리를 잡았을 겁니다. 하지만 실상은 그렇지가 않았지요."

이번에 그녀는 꽤나 두꺼운 파일을 꺼내어 테이블에 올려놓았다.

강수는 그 안의 내용을 살펴보고는 이내 살짝 놀라는 듯 눈을 동그랗게 떴다.

"인수 합병?"

"KNF는 케이프 페이퍼컴퍼니를 등에 업고 투자를 전문으로 하는 투자신탁 홀딩스로 탈바꿈하려 합니다. 케이프 페이퍼컴퍼니는 KNF를 인수하기 전에 물류, 항만회사를 인수했습니다. 그것도 아주 비밀리에 말이죠. 그 이후엔 KNF를 인수하고 그곳에 자회사들을 모두 이전시켰습니다. 서서히 그들은 자본금을 키워나가고 있다고 볼 수 있습니다."

"그러니까 그들이 종국으로 노리는 것은 다름 아닌 기업사냥꾼 집단을 형성하는 것이라는 소리군요."

"그렇습니다. 정확한 것은 아니지만 KNF가 베트남 기업과 접촉한다는 소문이 있어요. 아무래도 그들은 동남아 쪽을 먼저 공략해서 기업사냥꾼으로서의 면모를 확실히 갖추려는 것 같아요."

"하지만 그 과정에서 내가 희생된 것은 어떤 이유에서입니까?"

"간단해요. 자금력이 모자랐던 거죠."

그녀는 자신이 계산한 케이프 페이퍼컴퍼니와 KNF의 자산 규모에 대해 설명했다.

제이는 빈 노트에 그래프를 그리기 시작했는데, 그래프는 알파벳 S 자를 거꾸로 눕혀놓은 모양이었다.

"자, 보세요. 처음에 케이프는 상당히 미미한 자금력으로 출발했습니다. 그 이후엔 모종의 루트로 돈을 받아서 회사를 키웠습니다. 그 이후 다시 각종 회사들을 인수할 때엔 자금력이 줄어들었지요. 그러나 다시 한 번 자금력이 확 뛰는 구간이 있습니다. 이때 KNF를 인수했고, 그로 인해 다시 자금력은 떨어지고 있는 실정이지요. 하지만 KNF를 완벽하게 기업

사냥꾼으로 키우려면 이 상승 곡선을 계속해서 유지해 줘야 합니다. 그래야 내실이 탄탄해질 테니까요."

"흐음……."

"제 생각에는 아마도 저들의 자금줄이 막히면서 불법적인 방법을 모색한 것 같아요. 그 과정에서 당신의 회사가 표적으로 잡힌 것이고요."

"…빌어먹을. 왜 하필이면 내 회사입니까?"

"글쎄요. 그건 나도 알 수가 없지요. 어쩌면 처음부터 서로 안면이 있는 사이가 아니었을까요?"

"내가요?"

"그렇지 않다면 그저 재수가 없는 것이고요."

가만히 얘기를 듣고 있던 김예성이 불현듯 고개를 가로저었다.

"아니, 이것은 애초에 철저하게 계획된 범죄였다."

"그게 무슨 소리야?"

"이 사업자등록증을 봐. 이름이 뭐라고 적혀 있지?"

"리세이민이라고……."

"그래, 리세이민이라고 적혀 있지. 그런데 이 리세이민이라는 사람은 이강수와 안면이 있는 사람이다."

강수는 고개를 갸웃거렸다.

"그게 무슨 개소리야? 나는 중국인과 엮인 적이……."

"왜 없어? 얼마 전 네가 서해에서 해적을 물리쳤다는 것을 알고 있다."

순간 강수는 양 미간을 찌푸렸다.

"해적? 그놈들은 분명히 어부였던 것 같은데?"

"그랬지. 다만 어부의 탈을 쓴 해적이었을 뿐."

그는 사업자등록증에 나온 이름을 볼펜으로 동그라미를 그린 후 그 옆에 한 사람의 이름을 적어 내려갔다.

"리세이민은 흑사회 중간간부 출신으로 해적들을 직접 키워 온 사람이다. 그러면서 한국에서 청부를 받아 사람들을 살해했지. 그중에는 아마 너도 포함되어 있었을 것이다. 얼마 전 고비사막에서 인부들이 죽은 사건을 기억하나?"

"그래, 내가 토지를 개간하던 시기였다."

"그 시기였다. 그 시기에 이놈들은 양희진과 계약을 맺었어. 그전에도 계약을 맺었지만 그 대가로 무엇을 받았는지는 알 수가 없다."

"그렇다면……."

"놈들은 너 때문에 작전에 실패하여 돈을 받지 못했다. 그로 인해 재정적 타격을 받았겠지. 아마도 그것을 메우기 위해 너를 노린 것이 아닐까?"

그제야 강수는 태엽이 맞물리는 듯 얘기에 뭔가 아귀가 맞아 돌아가는 것 같았다.

"이런 빌어먹을 놈들!"

"원인 제공은 양희진이 했지만 그들을 부추긴 것은 오히려 너라고 할 수 있다. 놈들이 지금 저렇게 미쳐 날뛰는 것은 순전히 네 탓이니까."

"…그래서 놈들이 잘했다는 것인가?"

그는 식겁하며 고개를 가로저었다.

"그, 그럴 리가 있나? 그저 말이 그렇다는 것이지."

"흠……."

강수는 가만히 생각에 잠겼고, 김예성이 그의 눈치를 살피며 물었다.

"이젠 어떻게 할 건가?"

"어쩌긴, 잡아서 족쳐야지."

"하지만 놈들이 지금 어디에 있는지 알 수 없는데?"

"없으면 어디에 짱박혀 있는지 지구 끝까지 쫓아갈 것이다. 감히 나를 먹잇감으로 찍어? 간도 크군."

강수는 이내 자리에서 일어서며 말했다.

"일단 KNF 쪽부터 찾아가 보자고. 가보면 뭔가 덜미를 잡을 수 있겠지."

무작정 해당 회사부터 찾아가려는 강수, 그런 그를 말리는 사람은 제이였다.

"아니요. 그러지 말아요."

"무슨 소리입니까? 덜미를 잡았을 때 끝을 봐야지."

"엄연히 말하면 리세이민이 범죄를 저지른 것이지, 회사 자체는 잘못이 없어요. 재수가 없으면 공안과 엮여 피를 볼 수도 있다고요."

"흠……."

공안은 미국의 경찰보다 훨씬 더 강력한 공권력을 가지고 있으며, 그들에게 한번 붙잡히면 온전히 걸어 다닐 수 없을 정도로 호되게 폭행을 당하기 일쑤였다.

안 그래도 강수는 공안의 이목을 집중시키고 있는데 잘못해서 범죄라도 저지르게 된다면 당연히 그를 잡아서 묶고를 낼 것이 뻔했다.

그녀는 강수에게 차선책에 대해 설명했다.

"합법적으로 그들을 찾으려 하지 말아요."

"합법이 아니라면……."

"놈들은 불법적인 사업을 벌이고 다니니, 불법적인 경로로 접촉하는 것이 좋겠지요."

"그렇다면 뒷골목으로 들어가야 하는데, 나더러 흑사회를 족치고 다니라는 겁니까?"

"아마도 당신 입장에선 공안보다 흑사회가 상대하기 좋을 걸요."

"흠……."

안 그래도 그들이 흑사회라는 것을 알아내고 난 후엔 다시 뒷골목으로 들어가 정보를 캐내야 하는 것이 아닌가 싶던 강수다.

그런 그의 생각을 그녀가 한 방에 정리해 준 것이다.

강수는 김예성에게 중국 암흑가에 대한 정보를 캐낼 수 있는지 물었다.

"알아봐 줄 수 있겠나?"

"흠……."

그는 잠시 생각에 잠기더니 이내 강수를 밖으로 안내했다.

"일단 나가지. 리세이민이 몸담았던 조직에 아는 사람이 한 명 있긴 있어."

"있긴 있다니?"

"안면이 있긴 있는데 사이가 그리 좋은 편이 아니야."

강수는 실소를 흘렸다.

"후후, 뭐 그런 사소한 문제로 걱정하고 그러나?"

"하긴……."

일단 목표만 있으면 움직여서 최고의 결말을 만들어내는 것이 강수의 전공이자 전문이다.

두 사람은 상하이에서 충칭으로 자리를 옮기기로 했다.

* * *

충칭은 중국을 대표하는 거대 도시로 관광 상품은 물론이고 재경이 함께 혼합되어 오묘한 풍경을 자아내고 있었다.

또한 중국의 중심지로 불리는 만큼 엄청난 숫자의 유흥업소가 위치해 있었다.

낮에는 관광객과 비즈니스맨들이 넘쳐나는 충칭이지만, 밤만 되면 그 화려함에 넋을 놓고 만다.

강수는 그런 충칭의 밤거리를 걷고 있었다.

쏴아아아아!

화려하기 그지없는 충칭의 밤거리이지만 국지성 호우가 내리는 바람에 거리에는 사람이 별로 없었다.

그는 비가 억수처럼 내리는 충칭의 거리를 걸어 다니다가 상당히 화려한 외관에 고급스러운 불빛이 가득한 술집 앞에 멈추어 섰다.

김예성은 '마파성'이라고 쓰인 초호화 룸살롱 앞에 서더니 이내 거칠 것 없이 걸음을 내디뎠다.

"이곳이다. 들어가도록 하지."

"알겠다."

그는 이곳에 충칭 마성파라는 조직이 자리 잡고 있으며, 그들의 심장부가 바로 이 마파성이라고 했다.

만약 이곳에서 난동을 피운다면 반드시 그에 상응하는 보복이 뒤따를 것임도 시사했다.

하지만 강수는 그런 흑사회를 압도하고도 남을 정도의 능력과 부하들을 데리고 있다.

여차하면 그들을 전부 때려눕히던지 신원 미상인 몬스터를 동원하여 상황을 정리하면 그뿐이다.

두 사람은 그런 마음 때문인지 아주 성큼성큼 발걸음을 내딛었고, 마파성의 웨이터들은 일제히 그들을 향해 깍듯이 인사를 건넸다.

"어서 오십시오! 최고로 모시겠습니다!"

"두 분 오신 겁니까? 원하시는 지명이 있으시다면 말씀해 주십시오."

김예성은 귀찮다는 듯이 그를 밀어냈다.

"너에겐 볼일 없다. 귀성을 불러와라."

"에이, 손님, 귀성은 남자 이름 아닙니까? 남자를 원하신다면 번지수를 잘못 잡으신 것 같습니다만?"

"두 번 말하지 않겠다. 귀성을 데리고 와라."

"아니, 제 말씀은 그런 것이 아니지 않습니까? 이곳은 여자들과 술을 마시는 곳이니 남자를 찾으신다면 게이 바를 가라고 말씀드린 겁니다."

"말귀를 못 알아듣는군."

그는 마치 손을 채찍처럼 휘둘러 손등으로 웨이터의 안면을 타격했다.

따악!

"크헉!"

단 일격에 피가 사방으로 튀자 웨이터는 인상을 잔뜩 찌푸렸고, 그 주변에 있던 웨이터들이 일제히 적대적으로 돌변했다.

"이 새끼들, 이제 보니 진상을 부리러 온 모양이군."

"끌어내!"

"예!"

방금 전만 해도 두 사람을 마치 사장처럼 모시던 그들은 순식간에 안면을 바꾸어 폭력적으로 변했다.

강수는 그런 그들을 바라보며 실소를 흘렸다.

"후후, 사람이 어쩜 이렇게까지 간사한 동물인지 모르겠군. 방금 전까지만 해도 간이고 쓸개고 다 빼줄 것처럼 굴더니 말이야."

"곧 병신이 될 놈들이 말이 많군!"

웨이터들은 무려 서른 명이라는 압도적인 숫자를 이용해 강수를 덮쳐왔지만, 그것만으로 강수를 당해내기엔 역부족이었다.

그는 오른손에 땅의 정령을 소환해 그것을 다이아몬드만큼 딱딱하게 만들었다.

끼기기기기긱!

누런 황토를 대충 뭉쳐놓은 것처럼 생긴 몽둥이였지만 이것에 맞는 순간 아마도 백이면 백 기절을 면치 못할 것이다.

강수는 자신에게 달려드는 첫 번째 대상을 향해 몽둥이를 휘둘렀다.

부웅!

그러자 그 몽둥이에 맞아 한 사내가 저만치 나가떨어졌다.

퍼억!

"크허윽!"

"이, 이런 괴물 같은 새끼를 보았나?!"

"후후, 아직 멀었다. 몸을 충분히 풀어야 하니 한꺼번에 덤비는 것이 좋겠어."

"주둥이가 앞서는구나! 족쳐!"

"예!"

남은 스물아홉 명의 웨이터가 또다시 강수를 향해 달려들었지만 그 기세가 방금 전과는 확연히 달라 보였다.

아무래도 그들 역시 몽둥이에 맞아 실신하지 않을까 걱정되었기 때문으로 보였다.

자꾸 강수를 치는 데 주춤거리는 것으로 보아 이제 곧 전의를 상실할 것 같았다.

"저, 저 자식을 어서 때려눕혀!"

"하, 하지만……."

웨이터들이 자꾸 움찔거리고 있는 바로 그때였다.

입구에서부터 묵직한 남자의 목소리가 들려왔다.

"무슨 소란이냐?!"

"혀, 형님?!"

"형님 오셨다!"

"큭큭, 너희들은 오늘 다 뒈졌어!"

어쩐지 웨이터들은 의문의 남자가 등장하자마자 한껏 들떠선 강수를 위협하거나 몽둥이를 휘두르는 등의 행동을 했다.

이것은 마치 겁쟁이 하이에나 무리에 거대한 우두머리가 나타났을 때의 광경처럼 보였다.

강수는 목소리가 들린 계단으로 고개를 돌렸는데, 그곳에는 엄청난 덩치의 남자 한 명이 서 있었다.

그는 2미터가 훨씬 넘는 키에 걸을 때마다 땅이 울릴 것 같은 착각이 들 정도로 덩치가 컸다.

한 사람이 서 있는데 저 넓은 술집 입구가 비좁게 느껴질 정도였다.

하지만 아무리 큰 덩치라고 해도 강수에게 있어선 그저 지나가는 애송이에 불과했다.

"뭐야, 저 덩어리 같은 새끼는?"

"더, 덩어리?"

"개들에게 줘도 안 먹을 것처럼 생긴 놈인데?"

"이, 이런 개새끼를 보았나?!"

강수가 덩어리라 지칭한 사내는 아주 간단한 도발에도 표정이 험악해지며 그를 향해 달려오기 시작했다.

쿵쿵쿵!

"우오오오오! 이런 빌어먹을 놈! 네놈들은 오늘 한 발자국도 못 움직인다!"

"쯧, 사람이 누울 자리를 보고 다리를 뻗어야 제삿밥이라도 얻어먹는 법인데……."

전속력으로 돌진해 오는 사내를 바라보던 강수는 이내 아주 가볍게 주먹을 뻗어 그의 안면에 적중시켰다.

픽!

"꾸웩……?"

단 일격에 정신을 잃어버린 사내. 그의 몰락은 너무나도 순식간에 이뤄졌다.

"……?!"

"어라? 이렇게까지 약골이었어? 일이 너무 싱겁게 끝나 버렸군."

눈을 뜨고 보면서도 믿을 수 없을 정도로 허무하게 끝나 버린 싸움에 서른 명의 웨이터는 충격에 빠져 그 자리에서 움직이지 못했다.

아니, 어쩌면 자신들이 믿고 따르던 남자가 일격에 나가떨어지는 바람에 극도의 공포감을 느낀 것인지도 몰랐다.

여하튼 이유야 어찌 되었건 지금 그들은 자신들이 믿고 따르는 사람을 바꾸어야겠다고 다짐한 것은 확실했다.

"혀, 형님!"

"형님?"

"저희들을 받아주십시오!"

"뭐가 어쩌고 어째?"

"제발 부탁드립니다, 형님! 저희를 거두어주십시오!"

강수는 마치 손바닥 뒤집듯이 호형호제를 반전시켜 버리는 그들을 바라보며 혀를 찼다.

"미친놈들이군. 너희들은 아무에게나 그렇게 족보를 팔아먹을 정도로 지조가 없나?"

"그, 그건……."

이윽고 강수는 등 뒤에 숨기고 있던 몽둥이를 앞으로 내밀며 말했다.

"여기에 있는 놈들 모두 줄빠따로 다스리겠다. 맞을 놈은 맞고, 그렇지 않을 놈은 이곳을 나가라. 하지만 다신 이곳에 돌아올 수 없다."

"주, 줄빠따?"

"아아, 아직 줄빠따에 대에서 잘 모르지?"

강수는 그 자리에 대자로 뻗어 누워버린 사내의 복부를 발로 확 걷어차 버렸다.

퍼억!

"쿨럭!"

"이런 미련 곰탱이 같은 자식을 보았나? 어서 일어나지 못해!"

"흠흠⋯⋯."

진작에 정신을 차렸을 것으로 생각되었던 덩치가 아직도 뭉그적거리고 있으니 강수는 살짝 화가 났다.

그 기운을 감지해 낸 사내는 자동으로 자리에서 벌떡 일어났다.

"일부러 정신을 차리지 않은 것은 아니고⋯⋯."

"시끄럽다. 어서 엎드려뻗쳐라."

"뭐, 뭐라고?"

"엎드려뻗치라고. 사람 말 못 알아들어?"

"그, 그건 아니지만 갑자기 무슨⋯⋯."

"이 새끼가 정말 사람의 인내심을 시험하는군."

이내 강수는 몽둥이로 그의 복숭아뼈를 한껏 후려쳐 버렸다.

빠악!

"크아아악?!"

단 한 방에 몸이 붕 떠서 돌아가 버린 사내는 엎드린 형국으로 바닥에 쭉 뻗어버렸다.

강수는 그런 그의 엉덩이를 사정없이 내려치기 시작했다.

퍽퍽퍽퍽!

"끄아아아아악!"

"잘 봐라! 이것이 바로 줄빠따라는 것이다!"

강수는 그의 엉덩이를 거의 걸레짝이 될 때까지 두들겨 패버렸고, 무려 5분이 흘러서야 몽둥이를 거두어들였다.

"……."

"기절해 버렸군. 이 자식, 생각보다 맷집이 약한 것 같은데?"

"뭐, 뭐라? 네가 무식하게 센 것이 아니고?"

"험험, 뭐 어쨌든 이것이 줄빠따라는 것이다. 다들 잘 알아들었나?"

바로 그때였다.

"괴, 괴물이다!"

"으아아아악! 사람 살려!"

웨이터들은 혼비백산하여 도망치기 시작했고, 강수는 그런 그들의 뒤통수를 가만히 바라보고 있었다.

　　　　*　　　　*　　　　*

　강수에게 흠씬 두들겨 맞아 당분간 엉덩이를 붙이고 앉기
힘들어진 귀성은 눈물을 머금은 채 무릎을 꿇고 있었다.

　"…죄송합니다. 제가 형님 같은 실력자를 미처 알아보지
못하고 그만……."

　"시끄럽다. 덩치는 산만 한 것이 자꾸만 밑을 핥아대니 간
지러워 죽을 지경이군."

　"그, 그렇긴 하지만 저와 싸워서 이기셨으니 당연히 제가
형님으로 모셔야 마땅합니다만……."

　"그거야 네 사정이고."

　이윽고 그는 김예성을 몽둥이로 가리키며 물었다.

　"너, 이 자식을 알지?"

　"예, 그렇습니다. 잘은 몰라도 뭐하는 놈인지는 알고 있습
니다."

　"그렇다면 우리가 이곳에 왜 온 것인지도 알고 있겠군."

　그는 상당히 불편한 표정으로 김예성을 바라보았다.

　"…아무래도 누군가의 뒤를 캐기 위해서 온 것이 아닌가
싶습니다."

　"그래, 맞다. 나는 누군가의 뒤를 캐기 위해서 온 것이다."

　귀성이 시종일관 불편한 표정으로 김예성을 바라보고 있

는 것은 그가 한국과 중국에서 일명 해결사로 통하고 있었기 때문이다.

그는 온갖 살인청부와 납치, 민간인 사찰 등을 자행하고 다니는 사람이기 때문에 이 바닥에 있는 사람들이라면 대부분 거리를 두었다.

귀성은 예전에도 김예성 탓에 화를 입은 적이 있었는데, 그때의 기억 때문에 그를 멀리했다.

그렇지만 앞으로 귀성이 가장 좋지 않은 기억을 떠올리게 될 사람은 다름 아닌 강수가 될 것이 분명했다.

그는 태어나 처음으로 귀성에게 굴욕과 패배가 무엇인지 아주 제대로 알려준 사람이 되어버렸기 때문이다.

하지만 그러거나 말거나 강수는 그에게 리세이민의 얼굴이 담긴 사진을 보여주며 물었다.

"너, 이 자식 알지?"

"험험, 알긴 알지만……."

"다 알고 왔다. 네가 리세이민과 얼마간 붙어먹었다는 것을 말이다."

"그, 그건……."

자꾸 말꼬리를 흘리는 귀성, 강수는 그에게 몽둥이를 들이밀었다.

"어쭈구리, 반항이냐? 좀 더 맞을래?"

"아, 아닙니다! 말하겠습니다!"

"쯧, 그래야지."

이윽고 귀성은 리세이민에 대해 줄줄이 읊어대기 시작했다.

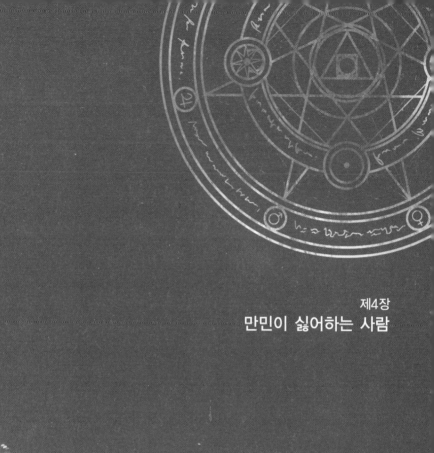

제4장
만민이 싫어하는 사람

이른 새벽, 귀성은 강수와 김예성을 룸살롱의 특실로 모셔 놓고 리세이민에 대해 얘기했다.

"그러니까 제가 흑사회에 처음 발을 들인 때가 지금으로부터 약 10년 전입니다. 그때 처음으로 리세이민을 알게 되었지요."

그는 앞에 놓인 술잔을 매만지며 그때를 회상했다.

"제가 조직의 허드렛일을 막 시작했을 때 얼굴이 시커멓고 말이 어눌한 애송이 하나가 조직에 들어왔습니다. 고향이 쓰촨이라고 한 것 같은데 상당히 말투가 특이하고 겉모습이 꾀

죄죄했습니다. 어촌에서 나고 자라서 그렇다나? 뭐, 그런 이유로 얼굴이 거무튀튀한 것으로 기억합니다."

강수는 그제야 그가 어째서 해적질이나 불법 조업 같은 것으로 세력을 키운 것인지 이해할 수 있을 것 같았다.

"배운 것이 도둑질이라고, 나중에 커서 고향에서 배운 것을 비뚤게 써먹은 것이로군."

"예, 맞습니다. 놈은 머리가 생각보다 잘 돌아가는 놈이었지만, 모든 것을 불법적인 시선으로 바라보는 단점이 있었습니다. 흑사회 자체가 암흑가 집단을 일컫는 말이긴 해도 그렇게까지 치사하게 살아가지는 않습니다."

"치사해?"

"놈은 같은 식구의 물건을 탈취해서 외국에 팔아먹는가 하면 업소의 여자들을 하나둘씩 빼내어 제3국에 팔아먹었지요. 아마도 지금까지 그놈 때문에 중국으로 돌아오지 못하고 외국에서 몸이나 팔고 있을 여자가 한둘은 아닐 겁니다."

강수는 그의 뻔뻔함에 혀를 찼다.

"허어! 그런 미친놈이 다 있다니……."

"하지만 아직 놀라기엔 이릅니다. 놈이 하고 다닌 짓거리를 다 읊자면 사흘 밤낮을 지새워도 모자랄 판이지만 가장 악독한 짓은 따로 있습니다."

그는 자신의 머리카락을 손으로 잡아 뜯었는데 이내 그 가

죽이 홀렁 벗겨졌다.

찌지지지직!

"어, 어라?"

"화상?"

그는 자신의 머리에 자리 잡고 있는 짙은 화상 자국을 만지작거리며 몸을 떨었다.

"개자식! 이게 전부 놈이 저지른 일 때문에 생긴 화상입니다. 그나마 저는 머리가 벗겨지는 것으로 마무리되었지만, 다른 식구들은 전부 불구가 되거나 목숨을 잃었습니다."

"식구?"

"한 번은 놈이 함께 생활하는 조직원들에게 보험을 가입해야 한다면서 가입 증명서를 돌렸습니다. 몸을 쓰는 사람들이니 당연히 다치기 일쑤라면서 말이지요. 저희들은 일자무식이라서 보험이라면 그저 좋은 것인 줄 알고 서류에 서명했습니다. 그런데 그 서류에는 수취인이 전부 놈의 앞으로 되어 있었습니다."

"서, 설마……."

강수의 불안한 눈동자에 그는 고개를 끄덕인다.

"네, 맞습니다. 놈은 우리가 자고 있을 때 불을 질렀습니다. 작은 방 두 칸에 무려 열다섯 명이 넘는 조직원이 자고 있었는데, 그때 난 불 때문에 다섯 명이 죽고 다섯 명이 불구가 되어버렸습니다. 워낙 비좁은 연립주택에서 난 불이라서 미처 피할 겨를도 없이 순식간에 불이 번졌거든요."

귀성은 그의 이름을 얘기하는 것조차 힘든 듯 인상을 와락 구겼다.

"…전 그때 봤습니다. 식구들이 불에 타 죽어가는 순간에도 그는 창문 너머로 제대로 불이 붙었는지 지켜보고 있었지요. 아무래도 놈은 처음부터 이것을 노리고 조직에 들어온 것이 아닌가 싶습니다."

"천하에 그런 개자식이 다 있다니, 놀랄 노 자로군."

"…아무튼 놈은 우리 조직을 아주 쑥대밭으로 만들어놓곤 뻔뻔하게 집에서 받은 재산이 있다면서 실컷 돈을 쓰고 다녔습니다. 아마도 그때 받은 보험금이겠지요. 놈이 차린 해적단과 불법 조업 선박은 모두 그 돈으로 사들인 겁니다. 조직 내에서 입지가 적던 놈은 일찌감치 분가를 했는데, 그 기반을 다롄으로 옮겼거든요. 놈은 우리를 죽여서 받은 돈으로 호의호식하며 지금까지 살아온 겁니다."

과연 강수는 귀성이 리세이민에 대한 얘기를 꺼내는 것이 얼마나 괴로웠을지 충분히 이해할 수 있을 것 같았다.

아마도 귀성이 그를 찾아가 보복하지 않은 것은 순전히 다시 돌아올 보복이 두렵기 때문으로 보였다.

그는 괜히 사람을 건드려 피해를 보는 말도 안 되는 일이 벌어지지 않도록 각별히 조심하는 것 같았다.

그것은 분명 일종의 피해의식으로, 귀성에게는 이 사건이 트라우마로 각인되어 버린 것이다.

그는 리세이민에 대한 애기를 맺으면서 강수에게 이렇게 조언했다.

"혹시라도 놈과 엮였다면 일찌감치 거리를 두십시오. 괜히 집안에 우환만 찾아올 겁니다."

"흠……."

강수는 이내 그의 어깨를 두드리며 말했다.

"걱정하지 미라. 내가 놈보다 독했으면 독했지, 덜하지는 않으니까."

"하, 하지만……."

"내가 놈을 때려잡아 복수를 해주마. 평생 그놈이 불구로 살거나 종살이를 하면 어때? 그럼 좀 편안하게 살 것 같나?"

"…그럴 수만 있다면 영혼이라도 팔겠습니다."

"좋아, 그럼 조건은 모두 성립된 것이다. 이제부터는 너와 내가 한 팀이 되어 놈에게 복수하는 거다."

"하지만 놈은 지금 동남아까지 마수를 뻗치고 있습니다. 조직도 없이 덤볐다간 큰코다칠 겁니다."

"그런 점은 전혀 걱정하지 않아도 된다. 나도 조직은 있어."

조직도 없이 움직이는 것처럼 보이는 강수. 그는 연신 불안한 표정을 짓고 있었다.

하지만 트라우마가 생겨 버린 또 다른 사람인 김예성은 강수의 조직이라는 말에 상당히 불안한 기색을 보였다.

"조, 조직이라면 설마……."

"그래, 나의 부하들을 일컫는 말이다. 너도 잘 알지?"

"…그렇다."

"그놈들을 다시 불러들일 것이다. 그놈들이라면 리세이민을 잡아 족치고도 남겠지?"

"분명."

두 사람의 대화를 듣고 나서야 그는 조금 안심한 듯 보였다.

"흠, 그렇다면야 기꺼이 형님을 돕겠습니다."

"그래, 잘 생각했다."

강수가 생각하기에 사람이나 짐승이나 당근과 채찍을 잘 써야 편하게 부려먹을 수 있는 것 같았다.

지금의 경우도 마찬가지로 당근과 채찍을 번갈아 쓰면서 사람을 부리려는 것이다.

그 생각은 여지없이 적중했고, 귀성은 서서히 강수의 하수인으로 굳어져 가고 있었다.

베트남 하노이에 위치한 작은 별장.

여기저기 때가 잔뜩 낀 옷을 입은 리세이민이 대문을 두드리고 있다.

쿵쿵쿵!

쥐똥 냄새와 인분 냄새가 잔뜩 밴 그는 본래의 모습을 알아볼 수 없을 정도로 초췌한 몰골을 하고 있었다.

하지만 별장의 주인은 용케도 그를 알아보곤 곧장 대문을 열어주었다.

베트남 장물아비 호앙은 상거지 꼴을 한 리세이민을 마주하곤 이내 코를 틀어막으며 말했다.

"…자네는 왜 중국에서 올 때마다 그런 몰골을 하고 있나? 그것이 조직의 전통은 아니겠지?"

"시끄러워. 먹을 것을 좀 줄 수 있나?"

"알겠네. 일단 들어오게."

호앙은 벌써 5년째 그와 거래를 튼 사이지만 한결같이 더러운 몰골로 나타나는 그가 참으로 신기하기만 했다.

리세이민에게 기꺼이 뒤뜰에 있는 호수를 제공해 준 호앙은 덤으로 깔끔한 옷가지를 선물해 주었다.

"일단 이것이라도 좀 입게. 그 냄새나는 옷은 버리고."

"고맙네."

호앙의 별장을 찾은 지 30분, 드디어 리세이민은 본래의 모습을 되찾을 수 있었다.

그런 그에게 호앙은 음식을 대접했고, 그는 마치 며칠 굶은 사람처럼 게걸스럽게 그것을 먹어치웠다.

"쩝쩝, 우걱우걱!"

"천천히 먹게. 누가 보면 살인자라도 쫓아오는 줄 알겠네."

"쿨럭쿨럭! 바다 한가운데서 며칠 굶어봐. 이렇게 먹지 않을 수 있는지."

그는 새삼 장물을 팔아 삶을 연명하는 그가 불쌍하다는 생각이 들었다.

하지만 그것과 장사는 별개의 일, 그는 밥을 먹고 있는 그에게 장물에 대한 얘기를 꺼냈다.

"그래, 오늘은 무슨 물건을 팔기 위해 이곳까지 왔나?"

"대리석과 몇 가지 광물일세. 중국에서도 구하기 쉽지 않은 최상급 호박과 자수정도 섞여 있지."

"흠, 광물이라면 무게가 꽤 나갈 텐데?"

"그만한 가치가 있으니 괜찮네. 위험을 감수하더라도 돈을 더 많이 버는 편이 좋으니까."

"하긴 장물을 팔아서 조직을 꾸리는데 무게를 줄일 수는 없지."

"컨테이너 두 개 분량일세. 무게로 따지자면 대략 150톤 정도 되는 것 같아."

"호오? 생각보다 양이 좀 많은데?"

"나도 크게 한탕하고 이 바닥을 떠야 할 것 아닌가? 그러자면 이 정도는 아무것도 아니지."

그는 흔쾌히 고개를 끄덕였다.

"좋네, 원하는 가격을 말하게. 최대만 맞춰주겠네."

"정말인가?"

"다만 물건의 상태를 좀 봐야겠어. 물건만 괜찮다면 값은 후하게 쳐주지."

"알겠네. 이것만 마저 먹고 함께 부둣가로 가자고. 선착장에 물건을 맡겨두었네."

"그리하세."

하노이 홍강의 선착장에서 배를 띄우면 사방의 각 지역으로 단번에 이동할 수 있기 때문에 장물아비들은 이곳을 가장 많이 이용했다.

리세이민 역시 홍강의 선착장에 자신의 이름으로 된 보세창고가 있기 때문에 대부분의 거래를 이곳에서 마무리하곤 했다.

아무래도 오늘도 그들은 홍강 유역에서 거래를 마무리할

모양이다.

*　　　*　　　*

홍강 유역에 위치한 15번 선착장 보세창고.

이곳은 리세이민이 피땀을 흘려 만들어낸 재산 중에서 가장 소중하게 생각하는 것 중 하나이다.

그는 자신의 지문 인식으로 열리는 도어록을 해체시킨 후 그 안에 들어 있는 광물을 호앙에게 보여주었다.

"이런 물건일세. 상품은 좋아."

호앙은 장물아비로서 20년을 넘게 살아온 사람답게 물건을 보는 눈썰미가 남달랐다.

또한 결코 사기로 사람을 혼란시키는 법이 없는 진짜 장사꾼이었다. 그가 등급을 정하면 그대로 값이 정해졌다.

그는 물건들을 둘러보더니 이내 엄지손가락을 위로 척 올려 들었다.

"좋아, 이 정도면 비버리힐즈로 납품해도 손색이 없겠어."

"후후, 정말 그렇지?"

강수가 채취한 천연 대리석의 경우 모자이크의 무늬가 일정하고 재질이 좋아 평당 15~20만 원가량 받을 수 있었다.

하지만 중요한 것은 강수가 채굴한 광석의 경우 천연 호안석과 비취 등 건축 재료뿐만 아니라 보석으로서의 가치를 가진 것도 상당히 많았다.

특히나 호안석의 경우엔 그 가치가 희귀 광물로 분류되기 때문에 등급만 높다면 10mm 구체에 8~10만 원을 호가하는 경우도 있었다.

그밖에도 흑요석, 비취, 자수정, 루비 등 보석으로의 가치가 높은 희귀 광물도 대거 적재되어 있었다.

호앙은 자신의 눈으로 직접 확인한 물건들의 가격을 종합해 산출했다.

"으음, 전부 800만 달러 정도 되겠군."

"생각보단 가격이 괜찮은 것 같은데?"

"물건이 워낙 좋아. 이 정도면 딱 적당한 가격이야."

그가 감정한 물건은 전부 천연석에 최상급의 품질이기 때문에 가공만 잘 거친다면 세 배 이상의 이윤을 창출할 수 있을 것으로 보였다.

특히나 그가 값을 잘 쳐준 것은 호안석이나 흑요석 같은 희귀 광물은 출처를 확인하는 보증서가 따로 없기 때문에 감정만 잘 받으면 돈이 되었다.

한마디로 누군가 비자금 조성을 위해 물건을 산다면 이만한 물건이 없다는 소리였다.

"값은 어떻게 치러줄까? 달러? 원?"

"베트남 동으로 부탁하지."

"동? 갑자기 무슨 동?"

"필요한 데가 있어서 말이야. 해줄 수 있겠나?"

"뭐, 어려운 일은 아니지."

베트남에서 화폐로 통용되는 동은 한화에 비해 환율이 낮기 때문에 한국으로 가지고 와도 큰 이문을 남기기 힘들다.

그럼에도 불구하고 현지의 화폐 그대로 받겠다는 것은 조금 이해하기 힘든 일이었다.

하지만 지금 그에겐 한화나 달러보다도 베트남의 동화가 필요했다.

호앙은 그에게 통장을 하나 건네며 말했다.

"베트남 국립은행 VIP 통장일세. 어지간하면 계좌 추적을 받지 않지. 아마 이곳으로 송금한다면 세절 없이 돈을 사용할 수 있을 거야."

"고맙네."

"후후, 별말씀을. 다만 돈을 모두 인출하고 나면 통장은 다시 나에게 가져다주게. 그래야 취득세가 붙지 않거든."

"알겠네."

장물아비로서 호앙이 명망이 높은 것은 거래하는 사람의 사정에 따라서 상당히 많은 편의를 봐주기 때문이다.

이렇게 큰 금액이 오가는 거래에서 은행과 엮인다면 반드시 엄청난 세금이 부과될 수도 있을 텐데 그는 그 세금 혜택까지 고려하여 거래를 성사시킨 것이다.

호앙은 이내 기분이 좋아져 그에게 술을 한잔 권했다.

"좋은 술로 한잔하는 것이 어떤가?"

"물론 좋지."

"가자고. 오늘은 내가 거하게 한잔 살 테니."

"그러자고."

무려 100억대의 거래를 마치고 난 후 술값으로 백만 원 정도 쓰는 것은 일도 아니었다.

그들은 오늘 아주 코가 비뚤어지게 술을 퍼마실 작정이다.

*   *   *

상하이 중심가에서 약간 벗어난 시장 골목.

오래된 건물들이 즐비해 있다.

이 중에는 꽤나 깊은 역사를 간직한 회사의 본사도 있고 대부업을 하는 흑사회의 본부도 꽤 많았다.

KNF의 본사도 이곳에 자리를 잡았는데, 대략 50년 전에 지어진 낡은 건물을 리모델링한 것이다.

간판이 대부업체로 되어 있긴 하지만 이곳은 흑사회 조직원과 해적들이 자주 드나드는 곳이었다.

리세이민은 이곳에 근거를 두고 다롄과 상하이를 오가며 장물장사를 했는데, 다롄은 해적들이 배와 약탈품을 보관하는 창고로 사용되고 있고 이곳은 일종의 사무실이었다.

늦은 밤, KNF 본사에서 한 청년이 걸어 나와 주차장으로 향했다.

그가 꽤 고가로 보이는 스포츠카에 시동을 걸자 그 즉시 몇몇 사내가 달려와 꾸벅 인사를 했다.

"살펴 가십시오!"

"그래, 수고해라."

지금은 리세이민이 자리에 없지만 조직은 이렇게 위계질서가 잘 잡혀 돌아가고 있었다.

그것은 바로 부두목 량차오후이 덕분이었는데, 그는 스스로 조직의 자금줄을 관리하면서 부하들까지 단속했다.

석사 학위를 가진데다 오랜 해적 생활로 인해 조직에서의 입지가 높은 그는 모든 조직원의 우상이었다.

또한 KNF의 얼굴마담에 케이프 페이퍼컴퍼니의 대표이사이기 때문에 대외적으로는 비즈니스맨으로 통했다.

그러나 손속이 잔악하고 이해타산이 빨라서 자신에게 위해가 될 것 같은 사람은 가차 없이 쳐내기로 유명했다.

강수는 멀리서 그가 차를 몰아가는 것을 지켜보고 있었다.

"저놈이 바로 먹물 먹은 해적인가?"

"예, 형님. 리세이민이 방화를 저지를 때 공조한 것으로 기억합니다. 나이는 놈보다 한 살 많지만 실행력과 수완이 좋은 리세이민을 보스로 받들고 있지요."

량차오후이는 몸매가 상당히 후덕해 보이고 턱에 살이 많은 것이 특징이었는데, 검은색 양복은 이미 땀으로 흠뻑 젖어 있었다.

아마도 그는 다한증이 있거나 중경도 이상의 비만으로 인해 땀이 비 오듯 흐르는 것 같았다.

"토실토실한 놈이군. 때리면 참 차지겠어."

"후후, 그러게 말입니다."

강수는 10인승 승합차에 올라타 있었는데, 운전석에는 김예성이 앉아 있었다.

그는 량차오후이가 출발하자마자 김예성을 재촉했다.

"뭐 해, 안 따라가고?"

"알겠다. 지금 간다."

김예성은 F1그랑프리의 주니어 격인 F3에서 선수로 뛰었을 정도로 탁월한 운전 실력을 자랑하는 사람이다.

누군가의 뒤를 밟는 것쯤은 식은 죽 먹기보다 쉬운 일이었다.

귀성은 앞으로 그가 향할 것으로 예상되는 지점을 태블릿 PC의 화면에 표시했다.

"아마도 놈은 저녁을 먹기 위해 상하이 시가지로 갈 겁니다. 그 길목에서 놈을 잡아챈다면 완벽하게 납치할 수 있겠지요."

"좋아, 그럼 계획대로 꺾어지는 골목에서 놈을 잡기로 하지."

강수는 무전기를 들어 크룩을 호출했다.

"크룩, 들리나?"

─치익, 예, 마스터.

"지금 놈이 그곳으로 가고 있다. 작전을 실행하도록 하자."

─예, 알겠습니다.

이제 크룩과 강수가 어제 짜놓은 작전대로 량차오후이는 쥐 몰리듯 몰려 강수에게 잡히고 말 것이다.

*   *   *

저녁 여섯 시. 일반적으로는 저녁을 먹거나 퇴근하여 집으로 가는 행렬이 많은 시간이다.

특히나 반주문화가 발달한 중국의 경우엔 친구들끼리 모여 식사에 맥주를 곁들이거나 이궈두주를 마시기도 한다.

량차오후이는 오늘 두 명의 애인과 저녁을 먹고 셋이서 함께 사우나를 즐기며 술을 한잔할 생각이었다.

요즘 그는 이제 갓 스무 살이 넘은 애인 둘을 거느리고 있었는데, 그녀들은 서로 중학교 동창 사이였다.

게다가 서로 마음이 잘 맞아 한 남자를 공유하며 잠자리를 가져도 불만이나 거부감이 없었다.

그는 차를 몰아가는 도중에 월풀 욕조와 오일 탕이 잘 준비되어 있는지 호텔에 전화를 걸어 확인했다.

"넉넉잡아 아홉 시쯤 도착할 겁니다. 방은 준비되어 있겠죠?"

―물론입니다. 사장님께서 오시면 곧바로 룸서비스를 시작하겠습니다.

"그래요. 고마워요."

그는 명목상 비즈니스로 호텔을 자주 찾았는데 하루에 5천 위안, 많으면 5만 위안까지 지불했다.

지금 그의 카드로 체크인을 하면 VIP로서 꽤 많은 혜택과 서비스를 제공받을 수 있었다.

조직에서는 그가 대외적으로 사업을 벌이고 다니는 걸로 알고 있기 때문에 문제될 것은 전혀 없었다.

오늘도 그는 대략 4만 위안을 들여 식사와 술자리를 마련했고, 내일 아침에는 3만 위안을 추가로 결제해야 했다.

하지만 그는 자금을 융통하는 데 있어서 큰 거리낌이 없었다.

어차피 보스인 리세이민이 베트남에 있는 회사를 인수하게 되면 회사의 자금이 지금보다 족히 열 배는 뛸 것이기 때문이다.

게다가 지금 그는 KNF를 합법적 투자 법인으로 설립한다는 명목으로 회사의 공금 530만 위안을 가지고 있는 상태였다.

물론 대부분이 마이너스 통장에서 빠져나온 돈이긴 하지만 회사가 망해도 자신이 지는 빚은 아니니 걱정할 필요가 없었다.

회사의 명의는 분명 그의 앞으로 되어 있지만, 빚은 모두 리세이민 앞으로 되어 있었다.

그래서 량차오후이는 유유자적하게 놀러 다니며 호의호식해도 큰 걱정이 없었으며, 리세이민은 그와 반대로 죽자 사자 뛰어다닐 수밖에 없었다.

이것이 바로 그가 추구하는 배운 자와 배우지 못한 자의 분업이었다.

"흐으으음!"

오늘 두 애인과 즐거운 시간을 보낼 것을 상상하며 콧노래까지 부르는 량차오후이, 하지만 그의 표정이 일그러지는 것은 순식간이었다.

삐빅, 삐빅!

[공사 중. 서행하시오.]

[좌측으로 우회하여 돌아가시오.]

상하이의 시가지로 향하자면 이 길을 꼭 통과해야 하는데, 좌측으로 우회하면 시간이 두 배나 걸린다.

기역자로 꺾어지는 이 골목은 그가 자주 이용하는 골목이기도 하지만, 알 만한 사람은 다 아는 골목이다.

그런 골목에서 공사를 벌이다니 그는 조금 짜증이 나기 시작했다.

"젠장! 별일이 다 있군. 이 골목이 공사에 들어가다니 이해할 수 없어."

어쩔 수 없이 그는 좌로 차를 몰아서 우회하려다 이내 다시 기수를 틀어 우측으로 향했다.

상하이의 지리를 잘 아는 그는 이곳에서 좌회전하면 세 배는 족히 돌아가야 한다는 것을 알고 있었다.

그러니 당연히 우회전하여 차를 모는 것이 옳았다.

차를 몰아 우회전한 그는 뻥 뚫린 골목을 지나 다시 시가지로 향했다.

하지만 이번에는 넉 대의 차량이 일렬로 늘어서서 꼼짝도 하지 않고 골목길을 막고 있었다.

빵빵!

"안 비켜? 이 새끼들이 골목을 전세를 냈나!"

거칠게 경적을 울려 항의를 해보지만 그들은 움직일 생각을 하지 않았다.

더군다나 서로 모여 심각하게 대화를 나누고 있는 것을 보니 아무래도 사중 추돌사고가 난 것 같았다.

빵빵!

다시 경적을 울리는 량차오후이. 하지만 그들은 들은 척도 하지 않았다.

"젠장, 오늘 일진 참 사납군. 가는 곳마다 왜 이래?"

이런 골목으로 견인차가 오기란 쉽지 않을 테니 사고는 적어도 한 시간 내로 처리되기 힘들 것이다.

그는 어쩔 수 없이 다시 차를 돌려 차선책을 찾기로 했다.

"별수 없나?"

상하이 외곽에서 국도로 빠져 반대편 고속도로를 타면 평소보다 약 네 배 정도 시간이 더 걸리겠지만 약속 시간 안엔 도착할 수 있을 것이다.

그는 다시 차를 돌려 상하이 외곽으로 향했다.

*　　*　　*

강수는 골목마다 오크들을 배치하고 길을 막으며 무려 네 번이나 량차오후이를 유인했다.

그리하여 그는 결국 고속도로 향하는 가장 빠른 골목이자 후미진 상하이 외곽의 오솔길로 들어서게 되었다.

부아아아앙!

빠른 속도로 차를 몰아가는 모양새가 꽤 급해 보였다.

강수는 이제 그의 앞에 다시 한 번 공사 중 푯말을 세우고 서행하도록 했다.

"지금이다. 마지막 간판을 세워라."

—예, 마스터.

이윽고 그의 앞에 공사 중이라는 푯말이 또 서 있었다.

삐빅, 삐빅!

그러자 그는 어쩔 수 없이 속도를 줄였고, 강수는 곧장 그의 차량 뒤로 거칠게 승합차를 몰았다.

"밀어버려."

"알겠다."

부아아아앙, 콰앙!

엄청난 속도로 달려간 승합차는 서행 중이던 량차오후이의 스포츠카를 뒤에서 들이받아 버렸다.

그러자 그의 스포츠카가 공중으로 살짝 뜨더니 뒤꽁무니부터 아래로 떨어져 내렸다.

쾅!

강수 일행은 이미 충격에 대비하고 있었기 때문에 별 상관이 없었지만, 량차오후이는 경황이 없어 잠시 정신을 잃은 것 같았다.

이윽고 차에서 내린 강수는 량차오후이의 스포츠카 운전석으로 다가갔다.

치이이익!

라디에이터가 터져서 뜨거운 김이 폴폴 새어 나오고 있고, 좌석은 약간 앞으로 밀려 있다.

"이런, 너무 세게 박았나?"

강수는 정신을 잃고 쓰러져 있는 량차오후이의 뺨을 치며 외쳤다.

짜악, 짜악!

"이봐, 일어나!"

"으음……."

겨우 정신을 차린 그는 강수를 바라보며 욕지거리부터 내뱉었다.

"이런 미친놈을 보았나? 네놈이 받았지?"

"그래, 내가 받았다."

"빌어먹을! 넌 오늘 아주 죽었어!"

차량에서 내려 강수의 멱살을 쥐려던 그는 이내 다시 그 자리에 주저앉을 수밖에 없었다.

퍼억!

"어흑!"

강수는 그의 가슴팍을 발로 걷어찼기 때문이다.

그러더니 이내 주먹으로 그의 얼굴을 다섯 차례나 후려쳤다.

퍽퍽퍽퍽퍽!

"쿨럭쿨럭!"

"이런 돼지새끼, 감히 내가 누구인 줄 알고 덤비는 거야?"

"뭐, 뭐야?"

눈을 가자미처럼 뜨는 량차오후이. 강수는 실소를 흘렸다.

"훗, 꼴에 부두목이라고 기세는 좋군."

강수는 다시 그의 얼굴을 주먹으로 서너 차례 더 가격했고, 그는 입에서 열 개가량의 이를 뱉어냈다.

후두두둑!

"커, 커흑! 도, 도대체 뭐하는 놈이냐! 왜 나를……."

"나와 함께 갈 곳이 있다. 좀 아프겠지만 별수 없지. 자리에서 일어나라."

강수는 그를 억지로 차에서 끌어내리고 오크들을 불러내 그를 끌고 가도록 지시했다.

"이놈을 창고로 끌고 가라."

"예, 알겠습니다."

"크룩, 크룩!"

일반인에 비해 무려 두 배가 넘는 덩치를 가진 오크들의 팔에 붙들린 그는 일말의 저항도 못하고 질질 끌려 상하이 외곽에 위치한 작은 농가로 향했다.

제5장
배신과 복수

상하이 외곽의 한 농가.

이곳의 창고에 피투성이가 된 량차오후이가 두 손발이 묶인 채로 앉아 있다.

강수는 그런 그의 앞에 의자를 놓고 앉아 입을 열었다.

"자, 이제부턴 넉넉하게 시간을 갖고 얘기해 보자고. 우선 너는 내가 누구인지 참으로 궁금할 것이다. 그렇지?"

"…물론이다. 상하이 한복판에서 나를 납치하다니 간도 크군."

"후후, 그게 어째서 한복판이냐? 사람도 잘 지나다니지 않는 오솔길인데."

"……."

강수가 그를 오솔길로 몰아서 잡은 것은 목격자를 최대한 배제해서 조직이 그를 찾지 못하게 하려는 의도였다.

물론 조직이 그를 찾아다닌다고 해서 큰 문제가 될 것은 없지만 KNF를 예의 주시하는 공안은 문제가 되었다.

그래서 그는 조금 번거로워도 007작전을 방불케 하는 작업을 거쳤던 것이다.

강수는 그에게 자신이 납치를 한 이유를 설명했다.

"나는 쓰촨에서 두 개의 화물을 도둑맞았다. 한화로는 무려 100억의 가치가 있는 물건이지. 내가 그것을 모으기 위해 거의 반년을 고생했는데 너희들은 그것을 별로 대수롭지 않게 탈취하더군."

"무슨 말인지 모르겠군."

정말 아무것도 모른다는 듯이 무표정으로 일관하는 량차오후이. 강수는 슬그머니 미소를 지었다.

"후후, 그래, 그렇게 뻗대야 족칠 마음이 생기지."

이윽고 강수는 량차오후이가 앉아 있던 의자의 한쪽 부분을 발로 차 넘어뜨린 후 그의 발을 마구 밟기 시작했다.

퍽퍽퍽퍽!

"크허억!"

"사람 성질을 건드리면 반병신이 된다는 것을 똑똑히 알려 주지."

원래 강수는 조금 더 사정 청취를 한 후 사람을 두들겨 패지만, 오늘의 경우엔 그럴 여유가 없었다.

시간도 별로 없었지만 그보다는 그의 마음이 지금 너덜너덜해져 있었기 때문이다.

아마도 그가 한 번 더 거짓말을 했다간 무슨 수를 쓸지 강수 자신도 알 수가 없었다.

"쿨럭쿨럭! 빌어먹을! 도대체 사람을 왜 자꾸 두들겨 패기만 하는 건가?! 정말 모른다니까!"

"오호라, 정말 몰라? 네 두목 리세이민이 화물을 탈취한 것을 모른다는 건가?"

"리세이민? 그건 또 무슨 개소리냐?"

"흐음."

강수는 끝까지 시치미를 떼는 그에게 증인을 보여주기로 했다.

"들어와라."

잠시 후, 창고의 문을 열고 귀살이 모습을 드러낸다.

"오랜만이다, 이 살인 돼지새끼야."

"……."

"아니, 방화 돼지라고 불러야 하나?"

"…귀살!"

귀살은 오른손에 장도리를 들고 있었는데, 그를 보자마자 흥분하여 강수가 밟았던 발을 마구 찍어 내리기 시작했다.

빠악, 빠악!

"크아아악, 크아아아악!"

"너 때문에 내 형제들이 불에 타 죽었다! 그 죄는 죽어서 씻도록 해라!"

"사, 살려줘!"

무참히 다리를 부수어 버리는 귀살. 강수는 이내 그를 제지했다.

"그만, 그만해라. 지금 죽이면 도대체 뭘 알아낼 수 있다는 거냐?"

"하지만……"

"네가 억울한 만큼 나도 억울하다. 그러니 참아라."

"예, 알겠습니다."

이미 귀살은 강수를 보스로 인정했기 때문에 그의 앞에선 이성과 감성의 경계를 아주 잘 컨트롤할 수 있게 되었다.

이윽고 강수는 게거품을 물고 거의 다 넘어가게 생긴 그에게 물었다.

"다시 한 번 묻지. 리세이민을 아나?"

"모, 모른다."

발이 거의 다 부서져 절름발이가 되게 생긴 마당에도 그는 끝까지 입을 열지 않았다.

"끈질긴 놈이군."

"……."

강수는 어지간해서는 그의 입을 열 수 없다는 것을 절감했다.

"좋아, 네가 그럴 줄 알고 내가 특별한 선물을 준비했지."

이윽고 그는 크룩에게 흰색 천과 은색 솥단지를 가지고 오도록 지시했다.

"그것을 가지고 와라."

"예, 알겠습니다."

잠시 후, 냄새만으로도 기침이 나올 정도로 매콤한 짬뽕 국물이 거대한 솥단지에 담겨져 들어왔다.

강수는 먼저 그의 머리를 잡고 상체를 일으켜 그 안에 얼굴을 담가 버렸다.

"어푸, 어푸!"

"어때? 좋지? 이대로 한 10분만 있을까?"

그는 매콤한 짬뽕 국물에 쥐똥고추와 청양고추 등을 넣고 그것으로도 모자라 캡사이신 진액까지 뿌려 핵폭탄 급 짬뽕을 완성해 냈다.

이 국물이 목구멍으로 넘어가게 되면 어지간한 사람은 물을 찾거나 그 자리에 앉아 있지 못하고 방방 뛰어다닐 것이다.

더구나 그것이 콧구멍으로 넘어간다면 상상도 하기 싫은 끔찍한 일이 벌어질 것이다.

량차오후이의 얼굴을 짬뽕에 담근 강수는 이내 그의 머리를 잡고 일으켰다.

"푸하! 쿨럭쿨럭!"

"이제 정신이 좀 드나?"

"크하아아악! 크아아아아악!"

강수는 그의 얼굴에 호스로 물을 뿌린 후 다시 물었다.

"이제 제대로 대화를 해보자고. 리세이민이 누구라고?"

"크헉, 이런 씨발! 리세이민이 도대체 누구인데?!"

"오호라, 아직도 정신을 못 차렸어?"

그는 크룩과 귀살에게 두 팔과 다리를 잡을 것을 지시했다.

"놈을 잡아서 틀에 묶어라. 아무래도 말로는 안 될 것 같아."

"예, 알겠습니다."

량차오후이는 두 손과 발이 단단히 묶였고, 강수는 의자에 앉은 그의 고개를 뒤로 젖힌 후 흰색 천을 씌웠다.

그리곤 그 위에 천천히 짬뽕 국물을 부었다.

쪼르르르르!

"으, 으으으!"

"많이 먹어라. 몸에 좋은 거다."

적당히 묽은 짬뽕 국물이 천을 적시게 되면 제대로 숨을 쉴수 없게 되는데, 천 사이의 물을 빨아들이지 않으면 고통에 몸부림칠 수밖에 없다.

하지만 그것이 물이 아니라 짬뽕이라면 숨을 쉬지 못하는 고통과 함께 코가 극도로 따끔해지는 상황에 처하게 된다.

량차오후이는 급기야 몸에 경련을 일으켰고, 강수는 계속해서 그의 코로 짬뽕 국물을 들이부었다.

촤락!

"쿨럭쿨럭!"

"자, 다시 한 번 묻지. 리세이민이 누구야?"

"쿨럭! 젠장! 말하겠다! 그러니 이 천 좀 치워 줘!"

"후후, 진작 그럴 것이지."

아무리 의리가 있는 사람이라고 해도 이 정도 협박을 견뎌낼 사람은 그리 많지 않을 것이다.

그제야 량차오후이는 마음을 고쳐먹은 듯 진지한 표정을 지었다.

"그래, 리세이민은 나의 보스다. 지금은 베트남에서 장물을 거래하고 있을 테지."

"그 장물은 누구의 것이고?"

"…이강수라는 사람의 것이다."

"이제야 말이 통하는군."

그는 코에 있는 이물질을 모두 빼낸 후 강수에게 담배를 청했다.

"말하기 전에 담배나 한 대 피울 수 있겠나?"

"못할 것도 없지."

강수가 그에게 담배를 한 대 건네자 그는 손과 발이 묶인 채로 담배를 피워댔다.

＊　　　＊　　　＊

서서히 타들어가고 있는 담배. 량차오후이는 착잡한 표정으로 입을 열었다.

"…네가 알고 있듯이 리세이민은 내가 모시고 있는 보스다. 우리 KNF의 실질적 오너이기도 하고."

"실질적 오너라는 것은 무슨 뜻이냐? 넌 그냥 얼굴마담이라는 뜻인가?"

"그렇다. 나는 KNF의 바지사장이다. 실제로 회사의 전반적인 업무를 제외한 거의 모든 권한은 보스에게 있다고 볼 수 있다."

"어째서 너에게 명의를 이전해 준 것이지? 네가 배신하면 어쩌려고?"

"조직이 돌아가는 것은 기본적으로 신뢰에 기반을 둔다. 만약 네가 생각한 것처럼 보스가 나를 의심했다면 애초에 이 조직은 형성될 수 없었을 것이다."

"하긴 함께 방화를 저지를 정도로 신뢰가 두터웠으니 지금까지 올 수 있었겠지."

"……."

지금의 리세이민이 있는 것은 방화사건으로 인한 보험금 수령 덕분이었다.

보험의 수혜자이면서도 가입자이던 그는 한탕 사건으로 벼락부자가 되었다.

만약 그때 한 사람이라도 배신했다면 지금의 조직은 애당초 이룩될 수 없었을 것이다.

누군가 욕심을 부려서 경찰에 신고라도 했다면 지금쯤 그들은 사업이 아니라 감옥에서 수공예를 하고 있을지도 몰랐다.

이제 강수는 KNF가 앞으로 나아갈 방향에 대해 물었다.

"좋다, 너희들이 짝짜꿍을 잘 맞춘다는 것은 인정하겠다. 그렇다면 그렇게 짝짜꿍을 잘 맞춰 빼돌린 물건으로는 도대체 무엇을 할 생각인가? 정말로 기업사냥꾼이라도 될 생각인가?"

"무릇 남자는 한 방이 있어야 한다. 우리는 지금까지 그런 생각으로 살아왔고, 그것을 조직의 이념으로 삼았다. 설사 위험부담이 있더라도 조직을 한 방에 일으킬 뭔가가 없었다면 지금쯤 조직원들은 벌써 자신의 갈 길을 갔을 것이다."

"그 한 방이라는 것이 도대체 뭔데 그렇게 기를 쓰는 것이지?"

"혹시 베트남 타이칭 정유라고 들어보았나?"

"타이칭 정유?"

"중국계 배트남 정유회사로 남부지역에선 꽤나 유명한 회사지."

아무리 강수가 발 빠르게 중국과 한국을 오가면서 사업을 한다고 하지만 동남아로 진출한 중국계 회사에 대해서는 알 리가 없었다.

금시초문의 이름에 강수는 고개를 갸웃거렸다.

"그런 이름은 들어본 적이 없다."

"하긴, 당연히 그렇겠지. 나도 처음엔 그런 회사가 있다는 것조차 몰랐으니까."

그는 타이칭 정유에 대해서 설명했다.

"타이칭 정유는 베트남 현지 회사로는 처음으로 베트남 원유를 정제할 수 있는 기술을 개발한 회사다. 물론 중국계 자본이 유입되어 이룩된 회사이긴 하지만 그 기술력은 모두 베트남 인재들이 개발한 것이지."

"그렇군."

동남아시아는 생각보다 꽤 많은 유전이 있는데, 베트남의 경우엔 수출에 가장 큰 부분을 원유가 차지하고 있었다.

현재 원유매장량 세계 48위인 베트남은 꽤나 풍부한 지하자원을 보유하고 있었다.

다만 그것을 정제하고 가공하여 판매하는 기술력과 영업력이 부족하기 때문에 빛을 발하지 못하고 있었다.

동북아시아의 국민들은 제대로 인지하고 있지 못하지만, 동남아시아의 원유는 불순물 함량이 낮아서 꽤나 고급 원유로 분류되었다.

정제에 들어가는 가격도 낮을 뿐더러 유질이 좋아서 비교적 높은 가격에 거래되었다.

"한데 이 타이칭 정유가 베트남의 주력 사업인 원유 채취에 대한 지분을 가지고 있다고 하더군. 물론 베트남 주식시장에 떠도는 찌라시에 불과하지만 말이야."

"원유 생산 지분을 가지고 있다……. 꽤나 메리트가 있는 회사잖아?"

"그렇다고 볼 수 있지. 만약 이 모든 것이 사실이라면 이 회사의 가치는 그야말로 무궁무진하다고 볼 수 있어."

그는 자신들이 지금까지 어떤 과정을 거쳐 이른 바 '한 방

러시'를 결정하게 되었는지 설명했다.

"우리가 처음 KNF를 인수했을 때엔 그저 중국에서 대부사업에 본격적으로 손을 벌리려 생각했다. 하지만 인수를 하다 보니 이 회사가 꽤나 쓸모가 많을 것 같더군. 우리는 지금까지 제지회사로 비자금 운송에 대한 수수료로 먹고 살아왔지만 위험부담이 너무 컸어. 그럴 바엔 차라리 이 회사로 다른 회사를 인수하여 다시 팔아먹는 일을 하자고 생각했지."

"결국 바다에서의 약탈을 주식시장으로 옮겨온 것뿐이군."

"원래 세상일은 모두가 한 끗 차이다. 점을 하나 붙이고 떼고의 차이라고 할 수 있지."

대화 도중 량차오후이는 강수에게 담배를 한 대 더 요구했다.

"목이 칼칼하군. 담배를 피우면서 얘기해도 될까?"

"마음대로."

어차피 그는 지금 아무리 반항을 해봐야 이곳을 빠져나갈 수 없다는 것을 잘 알고 있었다.

그것을 잘 아는 강수이기에 결국 그의 손발을 풀어주기로 했다.

"크룩, 가서 위스키와 담배 한 보루만 가져다 줘."

"예, 알겠습니다."

이윽고 차에서 위스키와 담배 한 보루를 가지고 온 크룩은 그에게 지포라이터를 건넸다.

"피워라. 컵은 딱히 준비된 것이 없는 것 같군."

"뭐, 포로로 잡혀온 마당에 이 정도면 감지덕지하지."

그는 이내 750ml 위스키를 통째로 잡아 병나발을 불었다.

꿀꺽꿀꺽!

"크흐, 좋다!"

술을 한 잔 마시곤 안주 대신에 담배를 피워 문 그는 계속하여 말을 이었다.

"아무튼 우리는 KNF를 기업 사냥에 사용하고자 합법적 투자법인을 설립했다. 그리곤 곧장 인수 합병에 용이한 기업을 찾아다녔다. 그러다 타이칭 정유에 대한 소식을 접하게 되었지."

그는 다 피운 담배를 가지고 탁자 위에 그림을 그리기 시작한다.

슥삭슥삭.

량차오후이가 그린 그림은 원에 검은색 구체가 몇 개 더 있는 물방울 형상이었다.

그는 그곳의 작은 원들을 가리키며 말했다.

"이것은 주주다. 그리고 이 큰 원은 회사지. 이 주주들은 원유 정제에 대한 기대감과 지분을 보고 몰려들었다. 하지만 타이칭 정유는 처음부터 우리처럼 한탕주의에 빠져 있던 사기꾼에 의해 세워졌다. 그렇다면 결론은 어떻게 될까?"

"모아둔 지분을 다 팔아치운 후 외국으로 튄다?"

"그래, 정확하다. 이 타이칭 정유를 세운 중국인 사업가는 무려 1억 달러라는 돈을 긁어모은 후 잠적해 버렸다. 알고 있겠지만 베트남 주식시장에서 1억 달러라는 돈은 쉽사리 볼 수 없을 정도로 대규모 자본이다. 현지의 개미들은 물론이고 외국인 투자자들까지 단 한 번에 털어버린 무지막지한 전략이었지."

"…미쳤군. 앞으로 그놈은 도망자가 되어 살 텐데?"

"도망자가 되면 어떤가? 어차피 세상은 돈 많은 놈이 장땡인 곳인데."

"흠……."

"아무튼 그 이후로 타이칭 정유의 주식은 휴지 조각이 되어 흩어져 버렸다. 하지만 여전히 그들은 문을 닫지 않고 명맥을 유지하고 있었다. 왜일까?"

"정유 기술 때문에?"

"표면적으로 본다면 그렇지. 하지만 그들이 망하지 않고 아직까지 버티고 있는 이유는 따로 있었다. 그것은 바로 도망간 타이칭 정유의 회장 주타이칭이 유전에 대한 지분을 꽉 쥔 채 베트남에 상주하고 있었기 때문이지."

"그럼 뭐야? 처음부터 이 사건은 전부 다 조작된 것이었단 말인가?"

"그런 셈이지."

"허어."

타이칭 정유의 최대 주주이자 회장인 주타이칭은 베트남 남부 해저유전에 대한 지분을 가지고 있었는데, 그 매장량을 가치로 환산하면 대략 4억 달러 남짓이었다.

주주들은 매장량에 대한 환상을 가지고 돈을 투자했고, 주타이칭은 그 돈을 꿀꺽 삼키고 잠적해 버렸다.

그리고 주식으로 모금된 돈을 챙기는 동시에 유전에 대한 지분까지 챙기기 위해 자작극을 벌인 것이다.

"이런 엄청난 사연이 있었다니, 정말인지 모르겠군."

"우리도 이게 진실인지 아닌지는 아직 모른다. 다만 이것이 진실이든 아니든 우리에겐 돈이 된다는 것만은 확실하다. 회사를 인수해서 유전의 지분이 남아 있다면 대박이고, 그렇지 않다고 해도 입소문을 조금 더해서 팔아먹으면 그만이니까."

"흠, 여러모로 남는 장사라는 소리군."

"정답이다."

강수는 량차오후이와 리세이민이 생각보다 더 머리가 좋고 치밀한 사람들이라고 생각했다.

하지만 그런 그들이라도 미처 생각하지 못한 변수가 있었다.

그것은 바로 강수라는 사람이 평균적인 인간의 범주를 완전히 벗어난다는 것이다.

"좋다, 그럼 내가 너희들에게 빼앗긴 금전적 피해를 보상하는 것으로 너를 석방하기로 하지. 그 정도 돈이라면 충분히 몸값을 지불하고도 남겠군."

"알겠다. 그렇게 하지."

"하지만 조건이 하나 더 있다."

"말해라."

"금전적 보상은 KNF와 타이칭 정유로 받겠다. 남은 돈은 너희들이 가져도 좋다."

순간 량차오후이의 표정이 잔뜩 일그러졌다.

"뭐, 뭐라? 지금 뭐라고 했나? 뭘 어쩌라고?"

"너희들이 꿀꺽하려던 회사를 내어놓으라고 했다. 불만인가?"

"그, 그런 말도 안 되는 조건이 어디 있나? 결국 우리더러 죽으라는 소리밖에 더 되는가?!"

"죽으라니, 말은 바로 하자고. 나는 분명 현금은 다 가지고 가라고 했다. 회사만 남기면 너희들이 그토록 원하는 한탕은 챙긴 것이나 다름없지 않나? 어찌 되었건 천만 달러는 챙길

수 있을 테니까."

"허, 허어! 그런 얼토당토않은 억지가 어디에 있나?!"

강수는 아주 능청스럽게 너스레를 떨었다.

"에이, 이거 왜 이러시나? 너희들이 부린 억지에 비하면 이건 아무것도 아닌데. 그렇지 않아?"

"그, 그런 말도 안 되는 일이……!"

사색이 되어버린 량차오후이에게 강수가 물었다.

"두 번 묻지 않는다. 내 조건을 따르고 천만 달러를 챙길래, 아니면 이 자리에서 죽을래?"

"뭐, 뭐라고?"

"돈을 챙길래, 죽을래? 알아서 결정해라. 하지만 너를 죽일 때엔 그냥 곱게 죽이지 않을 것이다."

"……"

처음부터 그는 자신이 곱게 죽을 수 있으리라곤 생각하지 않은 것 같았다.

하지만 조직을 배신하고 혼자 호의호식할 수 있는 조건으로 사람을 압박할 줄은 전혀 예상하지 못했다.

"…시간을 좀 줘."

"그래, 금방 결정하기는 쉽지 않겠지. 5분 주겠다. 그 안에 결정해."

"아무리 그래도 그건 좀……."

"싫으면 지금 죽여줄 수도 있고."

량차오후이는 거의 본능적으로 담배를 찾았고, 떨리는 손으로 술도 한 모금 마셨다.

꿀꺽꿀꺽!

"크홉!"

지금 이 순간에 그가 할 수 있는 일이라곤 이렇게 술로서 쓰린 속을 달래는 것뿐이었다.

이윽고 그는 결심했다는 듯이 술병을 내려놓았다.

"돈은… 정말로 챙겨주는 것인가?"

"물론이다. 배신의 대가이니 그만한 값은 치러야 하지 않겠나?"

"좋다, 그런 조건이라면 응하도록 하지."

그는 돈 때문에 그 많은 부하들과 보스까지 배신했지만, 강수는 더 이상 긴 소리는 하지 않았다.

그저 악수를 건네는 것으로 그 모든 사정 청취를 일축시켜 버렸다.

＊　　　＊　　　＊

9월의 초순, 드디어 KNF가 정식 출범함과 동시에 타이칭 정유의 인수 합병이 본격화되고 있었다.

물론 타이칭 정유의 회장인 주타이칭은 여전히 그 행방을 찾을 수 없었기 때문에 지분율 순위 2위인 부회장과 이사진이 51%의 지분을 KNF에 양도함으로써 경영권 승계가 이뤄지게 될 것이다.

베트남 하노이에 위치한 작은 해변 카페.

이곳에서 리세이민과 타이칭 정유의 부회장 로버트 리처드슨은 인수 합병의 마지막 과정을 거치고 있었다.

로버트 리처드슨은 얼마 전 회사에서 나오는 길에 납치당했고, 영문도 모른 채 바다에 빠져 죽을 뻔했다.

거의 죽다가 살아난 그는 자신의 두 딸과 아내를 똑같은 방법으로 살해한다는 협박을 받았고, 결국엔 이사회를 설득하여 회사를 팔아먹기로 결정했다.

그가 회사를 넘기는 대가로 받은 돈은 한화로 100억, 베트남 주화로는 1,500억 동이다.

로버트 리처드슨은 영국계 중국인으로, 주타이칭이 이곳에 정유회사를 차릴 당시에 기술자들과 연구진을 모집한 사람이었다.

그만큼 회사 내부에서의 영향력이 회장보다 컸기 때문에 이렇게 회사를 매각할 수 있었던 것이다.

초췌한 몰골의 로버트 리처드슨에게 리세이민은 동화 1,500억 상당을 현금으로 건넸다.

"동화를 원했기에 동화를 준비했다. 맞는지 계수를 해보겠는가?"

"…됐습니다. 알아서 맞춰주셨겠지요."

사실 지금 로버트 리처드슨에게 돈이 정확히 맞는지 안 맞는지는 그리 중요한 일이 아니었다.

돈은 받지 못해도 가족과 함께 본가가 있는 영국으로 빨리 돌아가고 싶은 마음뿐이었다.

그는 주식양도 각서에 서명함과 동시에 가족에 대한 접근 금지를 약속 받았다.

"다시는 제 가족에게 해를 끼치지 않는다고 약속해 주십시오."

"알겠다. 원한다면 각서라도 써주지."

"아닙니다. 그냥 당신의 약속이 필요할 뿐입니다."

"후후, 그게 소원이라면 그렇게 해주지. 어차피 난 원하는 것을 다 이뤘으니 너희들에겐 관심 없다. 가고 싶으면 지금 떠나도 좋다."

"…고맙습니다. 그럼……."

로버트 리처드슨은 이내 자리에서 일어나 도망쳤고, 서류를 손에 넣은 리세이민은 부하들에게 그를 추격할 것을 명령했다.

"놈을 잡아서 없애라. 물론 그 가족까지 전부 다 쓸어버려야 한다."

"예, 알겠습니다."

그는 자신이 협박을 통하여 양도증서를 꾸몄다는 것을 아는 사람이 남아 있으면 두고두고 후환이 될 것이라고 생각했다.

그래서 아예 그와 관련된 사람을 모조리 처단하고 스스로의 천하를 가지려 한 것이다.

그는 KNF 앞으로 이관된 주식양도 각서를 바라보며 슬그머니 미소를 지었다.

"후후, 드디어……!'

조직에선 오로지 한탕주의를 주입시키던 그이지만, 사실은 차곡차곡 기반을 쌓느라 허리가 휠 지경이었다.

그나마 충복인 량차오후이가 뒤를 든든히 받쳐 주었기에 망정이지 그렇지 않았다면 진작 조직은 반 토막이 나버렸을 것이다.

그는 량차오후이에게 전화를 걸어 이 기쁜 소식을 전했다.

"나다. 계약을 끝냈다."

―정말 수고 많으셨습니다! 축배라도 들어야지요!

"물론이지. 지금 당장 베트남으로 날아오도록."

―예, 형님.

이윽고 전화를 끊은 그는 하노이의 중심가로 향했다.

늦은 오후, 량차오후이는 KNF의 앞으로 이관된 주식양도 각서를 바라보며 짐짓 기쁜 미소를 지었다.

"하하, 정말이군요! 우리가 이젠 정말로 부자가 되었어요!"

한데 눈치가 빠른 리세이민은 그가 거짓 웃음을 짓고 있다는 것을 금방 눈치챘다.

"기쁜 사람의 얼굴에 수심이 가득하군. 진심으로 기쁘지 않은가?"

그는 재빨리 고개를 가로저었다.

"그럴 리가 있겠습니까? 다만 이것이 꿈인지 현실인지 잘 분간이 가지 않기 때문입니다. 우리에겐 정말이지 꿈같은 소리 아닙니까?"

"하긴, 그렇긴 하지."

사람은 자신의 분수에 맞지 않는 무언가를 만나게 되면 기쁨보다는 얼떨떨함을 맛보게 된다.

현실에 대한 자각을 느끼게 되는 것은 그 무언가를 온전히 받아들이고 익숙해졌을 때다.

리세이민은 량차오후이가 그런 상황에 놓였다고 생각했다.

"이젠 우리가 이 회사의 주인이다. 물론 이것을 또 팔아먹게 될지도 모르지만 지금으로썬 우리가 정유회사의 대주주가 된 것이다. 마음 놓고 기뻐해도 된다."

"그렇군요. 정말 우리가 여기까지 왔군요."

"후후, 생각나나? 숙소에 불을 지르고 몇날 며칠을 술로 지새웠던 것 말이야."

"…물론입니다. 그걸 어떻게 잊겠습니까?"

"그런 세월을 버티고 여기까지 왔다. 나는 이 모든 것이 자네 덕이라고 생각한다. 그러니 앞으로도 계속 함께 조직을 꾸려 나가자고."

"감사합니다, 보스."

그는 감격에 겨운 것인지 그저 우울한 것인지 모를 애매한 얼굴로 술을 받았고, 리세이민은 그런 그의 어깨를 계속해서 다독였다.

*   *   *

상하이 KNF의 본사.

이곳으로 대략 50명의 청년들이 몰려가고 있었다.

"크룩, 크룩."

"키헥!"

그 무리의 선두에는 크룩이 서 있었고, 크룩의 양쪽 옆에는 키헥과 크룩 투가 함께하고 있다.

크룩은 다시 한 번 부하들에게 얼굴을 잘 갈무리할 것을 강조했다.

"어차피 우리의 얼굴이 팔리게 돼도 마스터께서 알아서 하시겠지만, 그래도 그런 결과를 초래하지 않도록 조심하라."

"키헥, 예, 알겠습니다."

키헥은 크룩을 흠모하고, 크룩은 자신을 거두어준 강수를 흠모하고 있으니 이 조직은 흡사 군대처럼 움직일 수 있었다.

대략 50마리의 오크와 고블린들은 군단전투 현대전에서 사용하는 장비를 착용한 채 일사불란하게 움직이고 있었다.

그들은 강수가 만들어낸 군단전투를 마치 놀이처럼 몸에 익히고 있었지만 사실은 이것이 궁극의 전투 기술인 셈이다.

때문에 그들은 신식 군대에서도 특수부대만이 가지고 있을 법한 전술과 전략을 구사할 수 있었다.

그들이 사용하는 총기는 개인에 최적화된 시스템으로 가스관과 공기 압축을 동시에 도입한 장비였다.

이 안에 고무로 된 탄환과 철갑탄을 넣어서 사용하면 거의 총과 비슷한 파괴력을 낼 수 있다.

물론 오크나 고블린은 정통으로 맞아도 사망하지 않겠지만 인간의 경우엔 달랐다.

이 한 방으로 인해 살점이 뚫리고 내장이 파열되는 사태가 벌어질 수 있었다.

선두에 서 있던 크룩은 키헥에게 건물 외벽을 올라 문을 개방할 것을 지시했다.

"첫 번째 작전을 시작한다."

"키헥, 알겠습니다."

그는 두 명의 고블린과 함께 벽을 올라 2층의 창문에 이르렀고, 그곳으로 몸을 밀어 넣었다.

그리곤 2층에서부터 차근차근 문을 열고 내려와 결국에는 현관문을 개방했다.

끼이이익!

이제부터 그들은 강수가 알려준 수화를 통하여 서로 의사소통을 주고받으며 침투를 시작했다.

크룩은 열 명을 한 조로 나누어 병력을 투입시켰다.

'투입.'

'입감!'

오크들과 고블린은 서로의 어깨에 손을 올린 채 건물로 진입했는데, 이제는 종족이 다르다는 이유로 서로를 배척하는 일은 없었다.

오히려 서로를 한 동료라고 생각하고 작전에 임했다.

뚜벅뚜벅!

이곳은 거의 모든 조직원이 상주하고 있기 때문에 잘못하면 큰 난리가 벌어질 수도 있었다.

크룩은 아무도 모르게 일을 처리하기 위해 최대한 조용히 적들에게 다가가 사격 대기 상태에 돌입했다.

이제 그가 무전기로 진동을 보내면 일제히 적을 제압하게 될 것이다.

삐익, 부르르르르르!

열 명으로 한 조를 이룬 오크와 고블린은 각자 가지고 있는 진동 벨이 울리자 일제히 목표로 한 대상을 제거해 나가기 시작한다.

핑핑핑핑!

"커헉!"

"크흑!"

대회에서 가장 우수한 성적을 거둔 오크들과 고블린을 선별한 특작조는 단 일격에 리세이민의 부하들을 제압했다.

그리곤 그들이 3시간 정도는 일어날 수 없도록 수면제를 투여하고 손과 발을 묶었다.

개중에는 사망한 사람도 있었지만 그들이 신경 쓸 바는 아니었다.

키헥과 크룩 투는 상황을 모두 정리한 후 크룩을 찾아와 현장에 대해 보고했다.

"크룩, 모두 마무리했습니다."

"키헥, 이쪽도 마찬가지입니다. 이제 나가시면 됩니다."

"그래, 수고 많았다. 놈들을 데리고 나가자."

"예, 알겠습니다."

50마리의 몬스터는 기절한 인간들을 양쪽 어깨에 짊어지고 계단을 내려가 1층에서 대기하고 있는 차량에 차곡차곡 쌓았다.

그리곤 승합차 넉 대에 나누어 탄 후 바람같이 현장을 빠져나갔다.

제6장
정리

이른 아침, 손과 발이 꽁꽁 묶인 리세이민 해적단은 망망대해 한가운데에서 눈을 떴다.

"으음……."

"허, 허억! 이게 도대체 무슨 영문이야?!"

그들은 하나같이 100kg짜리 콘크리트를 다리에 매달고 있었는데, 만약 바다에 빠진다면 시신조차 찾을 수 없을 것이다.

망망대해 한가운데 떠 있는 배, 그리고 포박되어 있는 손과 발. 그들은 이 상황이 납치라는 것을 어렵지 않게 알 수 있었다.

"빌어먹을! 도대체 어떤 미친놈들이 이딴 말도 안 되는 짓을 자행했단 말이야?!"

잠시 후 그들의 궁금증을 풀어줄 남자가 등장했다.

통통배를 타고 그들이 타고 있는 선박으로 다가온 사내는 얼마 전 그들의 해적단을 습격한 사람이었다.

"이강수?"

"이런, 내 이름을 알고 있었던가? 이것 참, 반드시 죽여야 할 이유가 하나 더 생겼군."

"주, 죽이다니? 정말로 우리를 다 수장시킬 셈인가?!"

"물론이다. 너희들은 사회악이며 암 덩어리다. 죽어서 없어지는 편이 좋아."

"하지만 우리가 너에게 진 빚은 이미 청산했다고 들었다. 배를 몰수하고 조직원을 죽였으면 그만이지, 또 뭐가 아쉬워서 이런 짓까지 하는 것인가?!"

"글쎄다, 보스를 잘못 만난 죄라고나 할까?"

그는 첫 번째로 눈에 띄는 사내를 지목하여 물었다.

"어이, 거기 너. 지금 내가 너를 바다에 던질 텐데 유언이 있다면 말해라. 들어주겠다. 유언을 남기겠나?"

"뭐, 뭐라?!"

"유언이 있다면 말하라고 했다."

"이런 미친⋯⋯!"

강수는 그에게 서서히 다가가더니 이내 콘크리트 덩어리를 바다 쪽으로 질질 끌며 말했다.

"유언을 하라는데 이런 미친이라니 안타깝군. 살려달라고 애원했다면 살려줄 마음도 있었는데 말이야."

"아, 아닙니다! 형님, 아니, 사장님! 선생님! 아버지! 흑흑! 살려주세요!"

눈물도 모자라 오줌까지 지리는 것을 보니 진심으로 살고 싶은 모양이다.

그제야 강수는 질질 끌고 가던 콘크리트 덩어리를 가만히 바닥에 내려놓은 후 그다음 조직원을 지목했다.

"좋아, 그렇다면 다음. 어이, 너!"

"예, 예?!"

"이 놈팡이 대신에 네가 죽을 것이다. 유언이 있다면 말해라."

"사, 살려주십시오!"

강수는 몸을 이리저리 비틀며 애원하는 그에게 말했다.

"아니, 그건 힘들 것 같다. 너희 중 일부만 살 수 있어. 그 이유가 무엇이냐면 너무 많은 놈을 살려두면 내가 너희들을 죽이려 했다는 것을 발설할 것 같거든."

"아, 아닙니다! 그럴 리가 없습니다! 정말입니다! 믿어주십시오!"

"흐음, 그걸 어떻게 믿지?"

"제 딸과 아내를 걸겠습니다! 정말입니다!"

"그래?"

강수는 그에게 위성전화를 건네며 말했다.

"그렇다면 확인을 해봐야지. 이것은 번호가 추적되지 않는 위성 전화다. 직접 아내의 핸드폰으로 전화를 걸어 확인시켜 주면 되겠군."

"아, 알겠습니다."

그가 턱으로 번호를 찍자 강수는 발신 버튼을 눌러 통화를 시도했다.

뚜우―

짧은 신호음이 울리더니 한 여자가 전화를 받았다.

―여보세요?

"여, 여보! 나야!"

―당신? 링링 아빠야?

"그, 그래! 링링은?"

―링링은 아직까지 자고 있어. 이제 유치원에 가야 하는데 말이야.

"그, 그렇군. 그럼 깨우지 말고……."

강수는 그가 더 이상 말을 잇기도 전에 전화를 빼앗아 끊어 버렸다.

"됐다. 그만하면 되었어. 번호도 남아 있고 확실히 관계를 알았으니 더 이상 목숨을 빼앗으려는 일은 없을 거다."

"가, 감사합니다!"

이제 강수는 그의 옆에 있는 시내를 지목하여 같은 방법으로 전화번호를 받아냈다.

무려 100명의 사내에게서 전화번호를 받아낸 강수는 그들을 고스란히 상하이에 내려주었다.

그는 돌아서는 그들에게 여차하면 가족들을 납치해 같은 방법으로 제거하겠다고 암시했다.

그러자 그들은 다시는 죄를 짓지 않겠다며 연신 고개를 조아렸다.

"살펴 가십시오!"

"그래, 다시는 죄짓고 살지 마라."

"감사합니다!"

조직원들의 입을 단속함과 동시에 그들을 갱생까지 시킨 강수는 아주 흡족한 표정으로 돌아섰다.

"좋아, 그럼 다음으로 넘어가 볼까?"

그는 곧장 중국에서 비행기를 타고 베트남으로 향했다.

*　　　*　　　*

며칠 후, KNF가 타이칭 정유의 최대주주가 되면서 타이칭 정유의 회장이 바뀌는 날이 밝았다.

KNF는 정식으로 타이칭 정유의 주주총회를 열어 이사진을 소집하고 얼마 남지 않은 주주들을 불러 모았다.

이번 안건은 타이칭 정유에 대한 경영권 승계에 관한 것이고, 새로운 경영권은 KNF의 사장에게로 넘어가게 된다.

타이칭 정유의 본사가 위치한 베트남 하노이의 중심가.

총 5층으로 이뤄진 타이칭 빌딩에 주주들이 속속 모여들고 있었다.

행사를 진행시키기 위해 고용한 아르바이트생들은 각 주주들에게 번호표를 배분했고, 주주들은 자신들의 지분에 맞게 배분된 자리에 착석했다.

그리고 그들 사이로 깔끔한 정장 차림의 리세이민이 등장했다.

"사람이 많군."

"그러게 말입니다."

그는 오늘 자신이 대표이사로 취임함과 동시에 이사진을 전부 자신의 측근으로 갈아엎을 계획을 가지고 있었다.

고로 그는 오늘은 각 업무에 맞는 부하들을 선별하여 자리에 앉히게 될 것이다.

하지만 아직 그는 주주로서의 권한을 행사할 수 없기 때문에 부하들과 함께 주주총회장 구석에 마련된 내빈석으로 향했다.

그런데 그가 걸어갈 때마다 사람들이 한마디씩 건넨다.

"누구지?"

"거래처 대표이사인가?"

"아니, 아닌 것 같은데? 나도 저런 사람은 처음 봐."

사람들이 생전 처음 보는 그의 얼굴에 고개를 갸웃거리자 리세이민은 회심의 미소를 지었다.

'누구긴 이제 곧 너희들의 보스가 될 사람이다.'

그가 자리에 앉았을 즈음 주주총회가 진행되었다.

"그럼 지금부터 타이칭 정유의 정기 주주총회를 시작하겠습니다."

사회를 맡은 사람은 전 대표이사이자 기업의 부회장이던 로버트 리처드슨의 수행비서 렉시였다.

렉시는 차근차근 오늘 식순에 대해 설명했다.

"원래 주주총회에 얼굴을 보여야 할 현 대표이사와 이사회 회장은 사정상 참석하지 못했습니다. 그러므로 곧바로 오늘 안건에 대해 설명하고 표결을 진행하도록 하겠습니다."

그녀는 작은 수첩에 적힌 그대로 안건에 대해 발표했다.

"오늘의 안건은 대표이사 선출과 이사회 회장의 교체입니다. 주주들께서는 표결을 행사하여 주시면 감사하겠습니다."

렉시의 표결 제안에 모든 주주들이 저마다 투표 종이를 꺼내 들었지만, 가장 많은 표를 가진 최대주주가 아직 자리를 하지 않았다.

사람들은 새롭게 회사의 주식을 통째로 인수한 최대주주의 부재를 이상하게 여겼다.

"뭐야? 자기가 안건을 발의해놓고 나타나지 않아?"

"그러게 말이야."

대표이사의 교체를 논의하는 자리에 최대주주가 나타나지 않았다는 것은 주주총회가 흐지부지 끝날 수도 있다는 뜻이기도 했다.

하지만 바로 그때 한 사내가 총회장에 모습을 드러냈다.

"미안합니다. 제가 좀 늦었지요?"

"누구……?"

그는 주머니에서 자신이 최대주주임을 증명하는 증권을 꺼내어 사회자에게 내밀었다.

"부끄럽지만 제가 새롭게 최대주주가 된 이강수입니다. 너무 오래 기다리게 했군요."

순간 장내의 모든 시선이 강수에게로 쏠렸고, 리세이민은 황당하다는 표정을 지었다.

그리고 그것은 리세이민의 부하들도 마찬가지로 놀라서 더 이상 말을 잇지 못했다.

"어, 어어?!"

"놈이 어떻게?!"

이윽고 강수가 슬그머니 미소를 머금은 채 자리에 앉자 렉시는 곧장 표결을 시작했다.

"자, 그럼 최대주주께서 도착하셨으니 바로 표결을 시작하겠습니다. 금일 대표이사와 이사회 회장 후보에 이름을 올린 사람은 두 명, 이강수 최대주주님과 비등기 이사인 리세이민 고문이십니다.

"고문?"

사람들은 리세이민이 고문이라는 사실조차 모르고 있었는데, 이것은 그가 원래 량차오후이의 이름으로 3%의 주식을 손에 쥐게 되면서 만들어진 직함이었다.

회사에는 감찰을 위한 감사, 흔히 고문이라고 부르는 비등기 이사를 둘 수 있었다.

이것은 회사 주식의 3% 이상을 가지게 되면 발의되는데, 량차오후이는 이것을 기반으로 회장직에 지원하게 된 것이다.

하지만 최대주주와 고문, 애초에 비교가 될 수 없는 싸움이라고 할 수 있었다.

지금 강수가 가진 지분은 51%, 표결이 모두 리세이민에게 몰려도 그가 대표이사이자 회장으로 취임할 수 있게 된다.

한마디로 해보나마나 한 싸움이 벌어진 것이다.

"표결이 종료되었습니다. 이제 개표를 시작합니다."

모든 사람이 보는 가운데 투표가 진행되었고, 누가 어떤 후보를 지지했는지 속속들이 밝혀졌다.

하지만 주주들의 표는 전부 강수에게로 100% 몰렸다.

"만장일치로 최대주주께서 새롭게 대표이사, 이사회 회장직을 겸임하게 되셨습니다. 축하드립니다."

짝짝짝짝!

강수가 자리에서 일어나 주주들에게 고개를 숙이자 진심인지 가식인지 알 수 없는 박수갈채가 쏟아졌다.

아마 그들은 강수가 가진 주식 때문에 그를 지지한 것일 테고, 그것이 100% 진심이라는 것은 믿을 수 없는 일이었다.

그렇다고 아예 강수를 지지하는 사람이 없다는 것 또한 모순이니 상당히 애매한 표결이라고 할 수 있었다.

진실이야 어찌 되었건 주주들은 강수를 지지했고, 리세이민은 어처구니없이도 자신의 회사를 빼앗기게 되었다.

자신들이 피땀 흘려 얻어낸 회사를 빼앗긴 해적들은 난리가 났다.

"보스, 이게 어떻게 된 일입니까?! 량차오후이 형님이 우리를 배신한 겁니까?"

"…모른다."

"형님, 이대로 가만히 있으실 겁니까?!"

이윽고 그는 더 이상 참을 수 없다는 듯이 자기를 박차고 일어섰다.

쾅!

"이런 개새끼들! 내가 이대로 가만히 당하고만 있을 것 같으냐!"

"다 죽어라!"

그들은 자리에서 일어서자마자 양복 포켓에서 권총을 꺼내 들었다.

철컥!

그러자 회의장은 아수라장으로 변해 버렸다.

"꺄아아악!"

"사람 살려!"

"모두 다 엎드려! 그렇지 않으면 모두 황천길로 보내주겠다!"

장내에 있던 주주들은 모두 고개를 숙인 채 고분고분 그의 말에 따르고 있었지만, 오로지 강수만은 그대로 가만히 서서 그들을 바라보고 있었다.

"미친놈들이군. 그렇게 총부림하면 오히려 너희들에게 손해라는 것을 모르고 있는 것인가?"

"닥쳐라! 애초에 네놈부터 죽여야 했다!"

그는 거침없이 강수에게 방아쇠를 당겼고, 탄환이 빠르게 날아가 심장에 틀어박혔다.

타앙!

"꺄아악! 사람이 죽었어요!"

"사, 살려줘!"

주주들은 총에 맞은 강수의 심장에서 피가 솟구칠 것이라고 생각했는데 그는 오히려 멀쩡하게 자신의 가슴에 붙은 탄환을 떼어냈다.

그는 잔뜩 찌그러져 버린 탄환을 바닥에 튕기며 말했다.

"그래도 갱생의 의지가 조금은 있다고 생각했는데 그건 또 아니었던 모양이군."

"바, 방탄조끼?!"

이윽고 강수는 자신의 양복 포켓에서 빨간색 버튼을 꺼내 들며 물었다.

"어떻게 죽일지는 내가 결정하는 것이 아니지만 부디 곱게 죽지 않기를 바란다."

"뭐, 뭐라?"

강수는 이내 빨간색 버튼을 눌렀고, 유리로 된 천장이 무너져 내리며 열 명의 괴한이 모습을 드러냈다.

쿠웅, 쨍그랑!

"키헥, 키헥!"

복면을 뒤집어쓴 고블린들은 다섯 명의 해적 무리의 머리

위로 떨어져 내렸고, 그들은 등이나 어깨에 칼이 꽂힌 채로 쓰러져 버렸다.

퍼억!

"크허억!"

"이, 이런 빌어먹을! 도대체 어떤 개새끼들이?!"

"키헥, 몸부림치면 아무 곳이나 찌를 것이다. 그러니 가만 있는 것이 몸에 좋아."

"닥쳐라, 이 개자식들아!"

역시 흑사회에 몸을 담았던 해적들이라 그런지 쉽사리 항복할 기미를 보이지 않았고, 고블린들은 어쩔 수 없이 그들의 허벅지와 종아리에 칼을 찔러 넣었다.

푸욱!

그러자 사방으로 선혈이 튀어 올라 붉은색 병풍을 만들어 냈다.

촤라락!

"끄아아아아아악!"

"키헥, 닥치고 가만있으면 나머지 다리는 살려주겠다."

"허억, 허억! 이런 미친놈들을 보았나?!"

한번 피를 본 그들은 어쩔 수 없이 바닥에 납작 엎드렸고, 강수는 리세이민에게 다가가 주머니에서 전투용 대검을 꺼내 들었다.

챙!

"손버릇이 나쁜 놈은 그 버릇을 고쳐 주어야 한다. 그래야 다시는 도둑질을 하지 않겠지."

공포에 물들어 잔뜩 몸을 웅크린 주주들은 잘 안 보이는 상황이었지만, 그는 정확히 리세이민의 손등을 검으로 찍어버렸다.

빠악!

"크아악!"

그의 근육 다발이 끊어지면서 엄청난 고통을 수반했고, 그는 이내 경련을 일으키며 기절해 버렸다.

이제 강수는 얼추 정리가 된 것 같은 해적들을 한데 묶어 경찰에 넘기기로 했다.

"여보세요? 경찰이죠? 여기 쓰촨성 폭탄 테러의 용의자들을 잡아두었습니다. 당장 출동해 주십시오."

이윽고 신고를 모두 끝낸 강수는 고블린들에게 주변을 정리할 것을 명령했다.

"피를 닦고 사람들을 내보내라."

"키헥, 알겠습니다."

고블린들은 일사불란하게 장내에 흥건히 묻어 있는 피를 닦아내고 몸을 웅크린 채 공포에 떨고 있던 주주들을 전부 장밖으로 내보냈다.

                    *   *   *

　중국 공안 수사본부에서 베트남으로 직접 날아온 청루이
안 부장은 피떡이 되어버린 해적들을 줄줄이 엮어 중국으로
송환했다.

　그리고 회장에 있던 사람들의 증언을 토대로 사건을 종합
시켰고, 결국 강수가 괴한들을 제압한 것으로 사건을 종결시
켰다.

　청루이안은 어째서 강수가 타이칭 정유의 대표이사가 되
었는지에 대해선 크게 신경 쓰지 않았다.

　또한 어떤 경유로 해적들을 제압하고 체포에 일조했는지
도 묻지 않았다.

　그들은 오로지 자국에서 범죄를 저지른 범인들을 잡아들
이면 그만일 뿐 강수가 어떤 재주를 부렸는지는 중요하지 않
았다.

　청루이안 부장과 그의 부하들은 강수에게 감사의 뜻을 전
했다.

　"고맙습니다. 설마하니 피해자가 직접 가해자를 잡아주실
줄은 꿈에도 몰랐습니다."

　"아닙니다. 나쁜 짓을 저지른 놈들을 잡는 데 피해자가 나

서면 어떻고 경찰이 나서면 어떻습니까?"

"선생님처럼 준법정신이 투철한 사람이 100명만 있어도 중국의 범죄율이 절반으로 줄어들 텐데요. 안타깝습니다."

"후후, 별말씀을요."

이윽고 청루이안은 강수에게 자신의 명함을 건네며 말했다.

"제 개인 번호입니다. 만약 베트남 공안에서 조사를 받다가 무슨 일이 생기면 연락하십시오. 성심성의껏 돕겠습니다."

"감사합니다."

중국 공안은 범인들을 데리고 철수하지만 강수는 이제 베트남 공안에게 조사를 받아야 한다.

그는 엄연히 베트남 영토에서 수익을 낸 회사의 최대주주이자 대표이사 회장이 되었기 때문에 그 경위에 대한 조사를 받아야 한다.

오늘의 총기사건은 베트남 공안에겐 결코 가벼운 사건이 아니었던 것이다.

잠시 후, 베트남 공안이 강수에게로 다가왔다.

"이강수 사장님이시죠? 공안에서 나왔습니다."

"오실 줄 알았습니다. 어디서 조사를 받으면 됩니까?"

"일단 이곳에서 임의동행 없이 구술 조사로 대략적인 정황을 파악하겠습니다. 하지만 추후에 문제가 생기게 되면 다시 소환해서 조사할 겁니다. 괜찮으시죠?"

"물론입니다."

강수는 이제 베트남 공안을 따라서 조용한 방으로 향했고, 청루이안은 용의자들을 데리고 중국으로 돌아갔다.

*   *   *

강수는 베트남 공안에게 이번 사건의 개요에 대해서 이렇게 설명했다.

그는 쓰촨성에서 금전적 피해를 당했고, 그것은 케이프 컴퍼니에 소속된 직원들이 벌인 범죄이다.

그 피해 금액은 무려 150억 원, 지금의 회사 자금 사정으론 도저히 갚을 수 없었다.

그래서 그는 케이프 페이퍼컴퍼니에 소속된 지분과 계열사도 함께 받기로 한 것이다.

이로써 손해배상은 전부 정리가 된 것이고, 그는 KNF에서 인수한 타이칭 정유의 지분까지 전부 증여 받은 것이다.

한마디로 그는 이 모든 것을 손해배상금으로 받았고, 총기 난사 사건에 대해선 신변 보호를 위한 행동이었다고 답했다.

베트남 공안은 관련자인 량차오후이를 소환하여 참고인

조사를 벌였지만 그의 진술과 별반 다를 것이 없었다.

이로써 그는 증여세와 취득세로 주식의 일부를 국세청에 납입하기로 하고 이것으로 사건은 종결되었다.

새롭게 대표이사가 된 그는 가장 먼저 KNF의 명의로 100억을 출자하여 현재 중국과 일본에서 돌아가고 있는 사업에 투자했다.

그리고 그 100억은 원자재 채굴로 벌어들이는 돈으로 두 달에 걸쳐 나누어 갚기로 했다.

원래 한국에선 금산분리법에 의해 금융기관과 산업기관이 서로 연계가 될 수 없도록 되어 있지만, 지금의 경우엔 법에 위배되는 점이 없었다.

우선 중국계 회사인 KNF가 베트남 계열 회사인 타이칭 정유에게 출자하여 자금을 만들었기 때문에 큰 문제가 없었다.

거기에 타이칭 정유는 다시 강수의 중국 법인에 투자 형식으로 출자를 한 것이기 때문에 일정의 세금만 지불하면 법적인 문제는 없게 된다.

두 번이나 자금을 우회시킨 것이긴 하나 이로써 강수는 큰 고비를 넘기게 된 것이다.

타이칭 정유의 비공식 대표이사 취임식.

이사진을 비롯한 회사의 중역이 모두 모였다.

강수는 자신이 대표이사로 취임하게 된 것을 기념하여 작

은 연회를 열었는데, 이것은 회사 내부에 있는 직원 식당에서
이뤄졌다.

출장뷔페를 주문하여 간단한 주류와 함께 취임식을 연 강
수는 중역들에게 고개를 숙이며 자신을 소개했다.

"중국과 일본에서 인프라 사업을 벌이고 있는 이강수라고
합니다. 반갑습니다."

"반갑습니다."

중역들은 이젠 거의 유명무실해진 자신들의 회사에 대한
애착이 거의 없었지만, 그래도 아직까지 소속감은 남아 있었
다.

만약 소속감이라도 없었다면 대표이사 취임식에 나왔을
리 없었다.

강수는 자리에 앉은 중역들에게 잔을 들어 건배를 제의했
다.

"잔을 듭시다. 사랑과 건강을 위하여!"

"위하여!"

중역들은 술잔을 넘겼고, 그는 이내 자리에 앉아 식사를 시
작했다.

그러자 그의 곁으로 비서실장이자 대표이사의 수행비서인
렉시가 다가왔다.

"새로 회장님이 되셨군요."

"그냥 사장님이라고 부르십시오. 회장이라는 직함은 이제 사용하지 않기로 했습니다."

"그렇군요."

렉시는 로버트와 같은 중국계 영국인으로서, 영국인 아버지와 중국인 어머니 사이에서 태어난 혼혈아였다.

동양인의 외모에 자연 금발을 가지고 있었는데, 그 모습이 상당히 차가워 보이면서도 도도한 이미지를 만들어냈다.

그녀는 자신의 이미지만큼이나 상당히 방어적인 성격을 가지고 있었다.

때문에 사석에서는 거의 얼굴을 내비추지 않았는데, 강수가 소집한 회식에 나온 것은 상당히 이례적인 일이었다.

하지만 그녀는 이곳에 나온 것을 지극히 공적이고도 업무 연장 측면으로 생각하고 있었다.

"내일의 일정에 대해 말씀드리겠습니다."

"일정이요?"

"대표이사가 되셨으니 정식으로 출근하셔야 할 것 아닙니까?"

"흠, 그렇긴 하군요."

"당장 내일부터 사무실로 출근하셔서 회사의 내부 사정을 파악하고 베트남 정유연합에 참가하셔야 합니다."

"정유연합이요?"

"베트남 계열의 정유회사들은 정기적으로 모임을 갖는데 그곳에서 회사의 영업 방침이 결정되기도 합니다."

"하지만 우리는 지금 영업을 벌이고 있지 않습니다만?"

"내외직으로는 그렇지요. 하지만 아직까지 우리는 정유공장을 소유하고 있고 그것으로 외주를 받고 있습니다. 수익이 아주 크지는 않습니다만, 회사를 경영할 정도는 됩니다."

"그렇군요."

아주 알거지가 된 회사를 인수한 것이라고 생각했는데, 알고 보니 꼭 그런 것만도 아닌 모양이다.

강수는 흔쾌히 고개를 끄덕였다.

"뭐, 좋습니다. 내일부터 출근하도록 하지요."

"알겠습니다. 그럼 그렇게 알고 스케줄을……."

"하지만 조건이 하나 있습니다."

"조건이요?"

"스케줄을 일주일 후까지만 잡아주십시오."

"그게 무슨 말씀이신지요?"

"이곳에 있는 본사를 중국으로 옮기고 베트남에 지사를 설립할 겁니다. 당신은 앞으로 지사를 총괄하는 지사장이 될 것이고요."

순간 그녀는 뭔가 잘못 먹은 병아리처럼 연신 고개를 갸웃거렸다.

"뭐, 뭘 어쩐다고요?"

"당신을 지사장으로 발령한다고 했습니다. 뭐가 잘못되었습니까?"

그녀는 어처구니없다는 듯 강수를 바라보며 물었다.

"…지금 사장님이 되신 지 얼마나 되었다고 지사 설립을 운운하십니까? 우리 회사의 내실을 알고 그런 소리를 하는 것인지요?"

"압니다. 하지만 타이칭 정유를 내가 인수 합병하면서 이곳은 하나의 계열사가 될 겁니다. 업무를 총괄할 내가 있는 곳에 본사를 두는 것이 맞다고 봅니다."

"그렇긴 하지만……."

"그럼 내일부터 출근할 테니 뒷일을 잘 부탁합니다."

어찌 보면 조금은 무책임할 수도 얘기지만 효율적인 업무 분담을 위해선 어쩔 수 없는 일이었다.

그는 오늘 오찬을 끝내고 바로 지주회사 설립을 위해 중국으로 향할 것이다.

*   *   *

강수가 건설한 강수건설개발은 중국에 기반을 둔 KS투자 개발로 이름을 바꾸었다.

그리고 홋카이도 건설과 왕진물산을 KS투자개발의 공식 계열사로 출범시켰으며, 타이칭 정유의 본사를 중국으로 옮겨 KS투자개발의 계열사로 편입시켰다.

또한 남매식품을 KS식품제약으로 이름을 바꾸어 새롭게 출범시켜 계열사로 묶었다.

이 모든 작업을 하는 데 들어간 세금은 이미 국가에 납부한 상태였기 때문에 큰 문제는 없었다.

이제 그는 네 개의 회사를 묶어 하나의 기업 집단으로 출범시켰으며, 청미식품의 비공식 대주주가 되었다.

청미식품 내부에서 그의 정식 직함은 이사였지만 대부분의 결재 서류는 그의 이메일로 발송되고 있었다.

한마디로 그는 다섯 개의 회사를 가진 오너가 된 것이다.

KS투자개발의 본사는 상하이 중심가에 있는 5층 건물을 매입하여 사용하기로 했다.

지금까지 그가 사들인 계열사의 본사를 전부 다 처분하고 상하이로 회사를 옮기면서 남은 돈을 모두 쏟아 부은 것이다.

오랜만에 찾은 랄프의 작업장.

강수는 귀하디귀한 최고급 위스키와 돼지 수육을 마련했다.

이따금 술을 마시던 랄프와 자신의 성공을 자축하기 위함이었다.

랄프의 작업장은 중국 고비산맥 중턱에 위치해 있는데, 이곳은 공식적으로는 고비산맥 관리사무소로 명명되어 있었다.

하지만 넓이 1km의 부지를 개발실로 지정하여 사용하고 있기 때문에 엄연히 따지면 이곳은 랄프의 공간이라고도 할 수 있었다.

그는 오랜만에 술자리를 갖게 된 강수에게 감회가 새로움을 표현했다.

"새 건물이라서 그런지 에어컨도 나오고, 네가 정말 성공하긴 한 모양이군."

"성공은 무슨, 그저 겨우 입에 풀칠이나 하는 정도지."

"그래도 이게 어디인가? 우리가 밖에서 생고생을 하던 것을 생각하면 감지덕지하지."

"후후, 그건 그렇군."

강수는 이곳의 개발실을 만드는 데 무려 30억이라는 돈을 쏟아 부었고, 덕분에 랄프의 숙소는 최고의 기술력으로 결집되어 있었다.

이 근방에는 몬스터들의 숙소도 마련되어 있었는데, 그들의 숙소 역시 최신식 침대에 시스템 에어컨까지 갖추어져 있었다.

강수는 이들을 자신이 부양해야 할 식구라고 생각하고 있었던 것이다.

"아무튼 한잔하자고."

"좋지."

두 사람은 결코 술을 오래두고 볼 위인들이 아니었다.

당장 술을 한 잔 목구멍으로 넘기자 알싸한 주향이 입 전체를 감싼다.

"오오, 좋군!"

"후후, 이래 봬도 면세점에서도 40만 원이나 하는 술이라고."

"흠, 역시 좋은 것이 좋은 모양이군."

잠시 후, 서로 술을 한 잔씩 주고받은 랄프가 강수에게 넌지시 물었다.

"이봐, 강수."

"말해라."

"혹시 우리가 저 세계로 돌아갈 방법은 아직 찾지 못한 것인가?"

랄프는 예전부터 고향으로 돌아갈 수 있는 방법에 대해 상당히 목말라하고 있었다.

강수는 최선을 다해 그 방법에 대해 알아보고 있지만, 자신의 지식으론 한계가 있었다.

"아무래도 이에 대한 전문가를 초빙해야 실마리가 잡힐 것 같아."

"전문가?"

"차원이동의 전문가 말이다."

"그런 사람이 있나? 차원이동에 대해선 드래곤도 감히 접근하지 못하는 것 아닌가?"

강수는 고개를 가로저었다.

"아니, 그렇지 않다. 혹시 어둠의 일족이라고 들어보았나?"

"어둠의 일족이라……. 숲 서편에 살던 다크엘프를 말하는 것인가?"

"그래, 다크엘프. 그들은 어둠의 일족으로서 공허의 차원에 대한 지식을 가지고 있었다. 그들의 장로인 네르샤를 소환할 수 있다면 회귀에 대한 실마리를 찾을 수 있을지도 모른다."

"네르샤라……."

네르샤는 다크엘프의 장로로 암살과 사령술의 일인지로 불리던 여자다.

하지만 워낙 손속이 잔악하고 성격이 포악하기 때문에 그어떤 생물도 접근을 꺼리던 인물이다.

얼마나 성질머리가 더러운지 드래곤조차 혀를 내두를 정도였다.

랄프는 그녀의 얼굴을 떠올리곤 이내 진저리를 쳤다.

"…차라리 악마와 계약을 하고 말지."

"그래도 충분히 고려해 볼 수 있는 얘기 아닌가? 아무리 미치광이라곤 해도 이곳에서까지 난리를 피우기야 하겠어?"

"그야 모르지. 보통 정신 나간 여자라야지 말이지."

"뭐, 그건 그렇지만……."

두 사람은 이내 고개를 좌우로 털었다.

"그래, 그 얘긴 없던 것으로 하지."

"그러자고."

랄프와 강수는 그대로 술잔을 넘겼다.

제7장
얼렁뚱땅 학부모

9월 말, 이제는 슬슬 여름이 물러가고 가을이 다가오고 있었다.

째앵!

하지만 마지막 불볕더위가 기승을 부리는 바람에 강수는 오늘도 옷깃을 잔뜩 열어젖히고 있었다.

"허억, 더위 죽겠네."

강수는 양손에 수박을 한 통씩 들고 비탈을 오르고 있었는데, 그 옆에는 목줄을 매단 아르테미스가 함께하고 있다.

그녀 역시 입을 꾹 다물고 있었는데, 아무리 드래곤이라고 해도 땀 배설이 원활하지 않기 때문에 더위를 많이 탔다.

또한 그녀는 열을 상징하는 붉은색과는 상극이기 때문에 땡볕에선 그리 오래 버티지 못했다.

"…이봐, 조금 더 빨리 걸을 수 없어? 이러다간 내 비늘이 다 쪼그라들겠어."

"나도 최선을 다하는 중이다. 그 입 좀 다물 수 없겠어?"

"그렇지만 너무 덥단 말이다."

"끄웅."

강수는 거의 다 죽어가는 아르테미스에게 등을 내밀었다.

"올라타라. 순식간에 갈 거다."

"가능하겠나? 이래 봬도 40kg이 넘는다."

"잔말 말고 타라. 사람들이 보겠어."

"알겠다."

그녀는 강수의 등에 살며시 올라탔고, 강수는 양손에 수박을 든 채 그녀를 업었다.

그러자 엄청난 하중이 허리를 짓누르기 시작했다.

"으흑!"

"…무겁나?"

"시끄러워. 한 번에 올라간다."

그는 이내 다리에 바람의 기운을 불어넣었다.

'소환!'

그러자 다리가 바람의 영향을 받아 아주 빠르게 움직이기 시작했다.

쏴아아아아아!

"가자!"

여러 가지 능력을 가진 강수라고 해도 이 여름에 소환술을 사용하는 것이 그리 쉬운 일은 아니었다.

더군다나 이 근방에는 사람이 생각보다 많기 때문에 함부로 마법을 사용했다간 피를 볼 수도 있었다.

그래서 그는 어쩔 수 없이 수박에 아르테미스까지 들쳐 업고 비탈길을 내달릴 수밖에 없었던 것이다.

약 10분 후, 그렇게 언덕을 올라 도착한 곳은 은미와 설화가 살고 있는 집이었다.

그녀는 강수가 온다는 소식에 현관 밖까지 마중 나와 기다리고 있었다.

"어머나, 강수야! 땀을 한 바가지나 흘렸네!"

"…코모도 도마뱀은 땀 배설이 안 되어서 잘못하면 열사병에 걸리거든. 그래서 업고 뛰었어."

"네가 고생이 많구나. 설화가 아르테미스를 보고 싶다고 졸라서……"

"아니야. 어차피 녀석도 바람을 쐬어줄 때가 되었거든. 너무 신경 쓰지 마."

오늘 강수는 은미의 집에서 맥주를 한잔하기로 했는데, 아르테미스는 그 소식을 듣자마자 설화 얘기를 했다.

또한 설화 역시 아르테미스를 보고 싶다고 조르는 바람에 어쩔 수 없이 강수와 동행하게 된 것이다.

"내려."

"……."

슬금슬금 강수의 등에서 내린 아르테미스는 이내 설화가 있을 집으로 기어들어가기 시작한다.

그러자 강수는 한숨 돌렸다는 듯 현관문으로 향했다.

"죽는 줄 알았네. 무슨 날씨가 이렇게 찌는 거지?"

"막바지 더위라잖아. 이제 곧 사그라지겠지."

"제발 그랬으면 좋겠네."

강수와 은미가 설화가 좋아하는 수박을 냉장고에 넣기 위해 거실로 들어서자 그곳에는 설화가 아르테미스를 안고 있었다.

"아저씨!"

"오랜만이구나."

"어째서 얼굴이 반쪽이 되었어요? 무슨 일 있었어요?"

"하하, 그러게 말이다. 아무튼 넌 건강한 것 같아서 다행이구나. 밥은 먹었어?"

"아니요. 아저씨 오면 같이 먹으려고 기다렸어요."

"그래? 그럴 필요 없는데."

이윽고 설화가 강수에게 손짓을 보냈다.

"아저씨, 이쪽으로……."

"무슨 일이야?"

"…사실은 엄마가 아저씨 올 때까지 밥을 먹지 말자고 했어요. 그래서 지금까지 기다린 거예요."

"그래?"

"원래 다른 집 아이들도 아빠가 올 때까지 기다렸다가 밥을 먹는다고 하던데, 그래서 그런 선가 봐요."

아마도 은미는 설화에게 어른에 대한 예절을 가르치려고 기다리라고 말한 모양인데 설화는 그것을 아빠에게 대입하고 있었다.

어쩌면 설화는 아르테미스보다는 아버지가 필요한 것인지도 몰랐다.

* * *

오늘 저녁은 은미가 준비한 특제 닭볶음탕이다. 그녀가 요리를 하는 동안 강수는 집안을 돌아다니며 수리를 해주고 있었다.

쾅쾅쾅!

그가 오늘 이 집에서 한 일은 총 열다섯 가지인데, 전구를 갈아 끼우는 것부터 고장 난 변기를 고치는 일까지 아주 다양했다.

지금은 물이 새는 배관을 단단하게 고정시키고 겨울을 대비하여 간단한 월동 준비를 하고 있었다.

물론 본격적인 월동 준비는 일주일 후에 제대로 해줄 예정이다.

망치질로 배관을 갈고 새것으로 교체하는 강수를 바라보며 설화는 연신 감탄사를 연발했다.

"우와, 아저씨는 못하는 것이 뭐예요?"

"원래 아저씨는 다 잘해. 아마 다른 아저씨들도 이 아저씨만큼은 하지 않을까 싶은데?"

"으음, 그렇군요."

설화는 아까부터 계속 강수를 따라다니며 구경하고 있었는데, 아마 평소에는 잘 보지 못하는 광경이라 호기심이 동한 모양이었다.

그러면서 설화는 강수가 하는 행동에 대한 이유를 묻곤 했다.

마지막으로 천장을 지나는 배관을 고치고 난 후 강수는 저번에 자신이 놓고 간 공구 통에 망치를 집어넣었다.

그런데 공구 통을 갈무리하던 강수는 조금 이상한 점을 발견했다.

"스티커?"

공구 통에는 요즘 유행한다는 핸드폰 게임 과자런의 캐릭터가 떡하니 붙어 있었다.

강수는 그 판박이 스티커를 떼어내려다 이내 손을 멈추었다. 그리곤 딴청을 부리고 있는 설화에게 물었다.

"설화야, 혹시 과자런 좋아해?"

"아, 아니요! 꼭 그런 것은 아니고⋯⋯."

"꼭 그런 것이 아니라면 좋아하는 편이긴 한 것이네?"

"뭐, 그렇다고 볼 수 있죠."

그는 설화에게 공구 통을 가리키며 말했다.

"그렇다면 이 공구 통을 좀 꾸며주지 않으련? 아저씨가 과자런을 참 좋아하거든."

"정말요?"

"물론이지. 이래 봬도 과자를 무려 열 개나 보유하고 있단다."

"우와! 짱이다! 그럼 이 공구 통에 계속 판박이를 붙여도 되겠네요?"

"그래, 그러렴."

세상에는 여러 종류의 거짓말이 있지만, 그 거짓말이 100% 다

나쁜 것만은 아니다.

지금 강수가 하고 있는 거짓말은 하얀 거짓말, 언젠가는 들통이 나겠지만 상처를 주는 말은 아닐 것이다.

오히려 그의 이런 행동은 설화의 앞길에 추억거리를 제공하는 좋은 기억이 될지도 모른다.

"아싸! 그럼 내일부터 계속 판박이를 붙여야지!"

"후후, 그래."

"아참, 그리고 아저씨, 부탁이 있어요."

"부탁?"

"이 일은 엄마에겐 비밀이에요. 절대로요. 알겠죠? 엄마가 판박이를 아주 싫어하거든요."

"그래, 알겠다. 약속하마."

"헤헤, 좋다! 아저씨, 좋아요!"

이내 강수의 품에 안기는 설화, 강수는 이제 슬슬 설화가 자신과 친해져 간다고 생각했다.

*　　　*　　　*

늦은 밤, 강수는 설화가 잠든 틈을 이용해 은미와 맥주를 마시고 있었다.

아르테미스와 함께 곤히 잠든 설화를 바라보며 은미가 말했다.

"아이가 크면 클수록 아빠를 많이 찾아. 나에겐 티를 내지 않지만 유치원에선 아빠가 있다고 거짓말을 한 것 같더라고."

"그런 거짓말을?"

"아무래도 다른 아이들은 다 있는 아빠가 없는 것이 콤플렉스인 모양이야."

"흠……."

그녀는 실소를 흘리며 말했다.

"참, 나도 정신머리가 없지. 너에게 별소리를 다 하는구나."

"아니야. 친구끼리 그럴 수도 있지, 뭐."

"그래?"

두 사람은 그렇게 한참 맥주를 마시고 있었는데, 불현듯 설화가 잠에서 깨어나 그들에게 다가왔다.

"엄마……."

"설화, 잠에서 깼니?"

"나, 아저씨에게 할 말이 있어."

"강수에게?"

설화는 불현듯 주머니에서 무언가를 꼼지락거리며 찾더니 이내 고사리손을 강수에게 내밀었다.

"아저씨, 부탁이 있어요."

"부탁?"

"이것 줄 테니까 하루만 내 아빠가 되어줘요."

자신도 모르게 손을 내밀자 설화의 손에는 천 원짜리 두 장이 쥐어져 있었다.

설화는 그것을 강수의 손에 올려놓더니 꾸벅 고개를 숙였다.

"부탁해요, 아저씨. 할머니들이 누군가에게 부탁을 할 때엔 돈을 주면서 고개를 숙이는 거래요. 그래서 나도 아저씨에게 돈을 주었어요. 이러면 되는 건가요?"

"설화야, 아저씨에게 그런 부탁을 하면 어떻게 해?"

"하지만……."

"그런 부탁은 하는 것 아니야. 쓸데없는 소리 하지 말고 어서 들어가서 자."

"그렇지만……."

"어서!"

"……."

이내 설화는 다시 아르테미스와 함께 잠을 청했지만, 아무래도 몸이 가늘게 떨리는 것이 소리 죽여 울고 있는 것 같았다.

강수는 그런 설화를 바라보며 문득 가슴이 아파오는 것을 느꼈다.

'불쌍한 것.'

지금까지 단 한 번도 느끼지 못한 연민이라는 감정이 고개를 든 것일까?

그는 상당히 복잡한 심경이 되어버렸다.

*   *   *

10월 초, 설화가 다니는 병아리 유치원에 학부모 회의가 열렸다.

오늘은 학부형 중에서도 아버지 참관 수업으로 앞으로의 교육 방침에 대해 논의하게 된다.

또한 능력이 좋은 아버지들은 유치원에 기부도 하고 은근히 교사들에게 뇌물을 건네기도 하는 날이다.

때문에 오늘의 모임은 하늘이 두 쪽이 나더라도 무조건 참석해야 하는 것이 불문율처럼 여겨지고 있었다.

교사들은 아침 일찍부터 아이들의 손을 잡고 유치원을 찾은 아버지들을 맞이하고 있었다.

"혜민이 아버님, 어서 오세요!"

"안녕하십니까? 잘 지내셨지요?"

"물론이죠. 혜민이도 안녕?"

"네!"

아버지의 손을 잡고 등교한 아이들은 한껏 기가 살아서 미소를 짓고 있었는데 그렇지 못한 설화는 다소 의기소침한 표정이었다.

병아리 유치원 빨강 반에 다니는 설화는 혜민이와 짝꿍인데 혜민이의 아버지는 대기업에서 과장을 역임하고 있다.

성공 가도를 밟고 있는 아버지 때문인지 혜민이는 안하무인으로 친구들을 무시하고 다녔다.

그럼에도 불구하고 아이들이 별다른 소리를 하지 못하는 것은 혜민이의 아버지가 유치원에 가져다주는 돈이 꽤 많기 때문이었다.

교사들이 은근히 혜민이와 다른 아이들을 차별했기 때문에 아이들은 좀처럼 기를 펴지 못했다.

물론 이 유치원에는 초등학교 교사부터 의사, 변호사, 판사 등 아주 많은 직업군의 아버지들이 있지만 역시 연봉이 가장 높은 사람이 일명 '갑'으로 분류되었다.

혜민이는 자신의 짝꿍인 설화에게 웃는 낯으로 말했다.

"너희 아빠는 언제 와? 혹시 아빠가 없는 것 아니야?"

"…아니야. 우리 아빠가 너무 바빠서 그래."

"에이, 아닌 것 같은데? 너는 아빠도 없는데 거짓말하는 거잖아?"

"아니라니까!"

"헤헤, 아빠가 없는 아이들은 거지라고 하던데, 그럼 너도 거지네? 너희 엄마도 거지고."

"뭐야?!"

아무리 자신을 욕해도 참던 설화는 엄마를 욕하는 소리를 듣고는 이내 화가 나서 그만 혜민이를 밀치고 말았다.

퍽!

그러자 혜민이는 바닥에 납작 엎드려 울음을 터뜨렸다.

"으앙! 아빠, 저 애가 나를 때렸어!"

"뭐?! 이런 막돼먹은 애새끼가!"

화가 잔뜩 난 혜민이의 아버지가 버럭 소리를 지르자 설화는 이내 눈물을 글썽이기 시작했다.

하지만 교사들은 그 광경을 보고도 애써 웃어넘겼다.

"하하, 다들 모였나요?! 그럼 이제 아빠와의 수업을 시작하겠어요!"

짝짝짝짝!

눈물을 머금은 설화를 뒤로한 채 수업은 진행될 모양이고, 혜민이는 설화를 향해 혀를 날름거렸다.

'메롱!'

그러나 설화는 속으로 화를 삼킬 수밖에 없었고, 급기야는 자리에서 벌떡 일어나 교실을 나섰다.

다다다다다!

"어, 어라?! 설화야!"

"……."

화들짝 놀란 교사들이 자리에서 일어섰지만, 그 누구도 설화를 잡지는 않았다.

어차피 경비에게 붙잡혀 다시 돌아올 것이기 때문이다.

혜민이는 그런 설화를 바라보며 미소를 지었고, 그녀의 아버지 또한 의기양양한 표정이다.

그러나 그 둘의 표정은 순식간에 딱딱하게 굳어버렸다.

드르륵!

"설화야, 어디 가니?"

"어, 어어……."

강수는 모든 교사들이 보는 앞에서 꾸벅 고개를 숙였다.

"죄송합니다. 제가 중국에서 이제 막 돌아오느라 제 시간에 맞추지를 못했습니다."

"누구……?"

"설화 아빠 되는 사람입니다."

순간 모든 교사들은 어색하게 굳은 표정을 지었고, 설화는 끝내 강수의 품으로 달려와 눈물을 터뜨렸다.

"으앙!"

"왜 그래? 무슨 일 있어?"

"혜민이가 나를 거지라고 놀렸어요! 우리 엄마도 거지라고! 아빠가 없으면 다 거지래요!"

"…뭐?"

모든 얘기를 전해 들은 강수는 혜민이의 아버지를 바라보며 물었다.

"당신, 아이 교육을 어떻게 시키는 거요? 아비가 있어도 호래자식으로 키울 거요?"

"뭐, 뭐라고?!"

"아이들이 보니까 일단 앉으쇼. 얘기는 나중에 해도 되니까."

"……."

그가 어쩔 수 없다는 듯 자리에 앉자 강수는 어디론가 전화를 걸었다.

"죄송합니다만, 10분만 시간을 좀 주셔도 되겠습니까? 수업에 방해는 안 될 겁니다."

"예? 무슨 일로……?"

"잠깐이면 됩니다."

"아, 네……."

교사들의 허락을 받은 강수는 수화기 너머로 아주 짧게 지시를 내렸다.

"가지고 들어오게."

그러자 유치원으로 초대형 홈시어터와 50인치 TV가 줄을 지어 들어섰다.

"어, 어?"

"듣자 하니 기증도 받는다고 하기에 회사에서 사용하려고 산 물건을 드리려고 합니다. 어차피 저희들은 거래처에서 또 받아오면 되거든요."

"아, 네. 하지만 너무 비싼 물건인데……."

"괜찮습니다."

강수가 가지고 온 물건의 가액을 따지면 1,000만 원이 가까이 되지만, 그는 여전히 여유로운 표정으로 일관했다.

"자, 어서 수업 시작하시죠."

"네……."

이제 강수는 설화의 뒤에서 수업을 참관하기 시작했고, 유치원은 왠지 모를 숙연함 속에 수업을 진행하기 시작했다.

*　　*　　*

시간은 어느새 점심시간으로 향하고 있었고, 이제 아버지들은 교사용 식당에 모여 식사 시간을 가졌다.

원래대로라면 오늘의 주인공은 혜민이의 아버지, 규태이겠으나 지금은 얘기가 달랐다.

한 방에 천만 원이나 되는 물건을 척 기부하는 강수에게 시선이 쏠릴 수밖에 없었다.

"이야, 설화네 아버지가 이렇게 능력이 좋은 줄은 몰랐네요."

"과찬이십니다. 그냥 생각난 김에 가지고 온 겁니다. 아이들이 보는 것이니까요."

"하하, 통이 크시네요! 중국과 일본에서 사업을 하신다더니 사업가는 뭔가 달라도 다르군요!"

"별말씀을요."

스포트라이트를 한 몸에 받는 강수, 규태는 그런 강수가 마음에 들지 않았다.

그는 밥을 먹다 말고 강수를 바라보며 물었다.

"사업이라니, 저도 대기업에 몸담고 있어서 그쪽 업계에 대해서는 좀 압니다. 어떤 기업이죠?"

"알아서 무엇 하시게요?"

"그냥 좀 궁금해서 그럽니다. 무슨 기업인지요?"

"그냥 건설회사입니다. 당신이 신경 쓸 바 아니요."

순간 그는 자리를 박차고 일어나며 강수에게 손가락질을 했다.

쾅!

"그래, 그러면 그렇지, 사업가는 무슨! 이제 보니 아주 엉망인 거짓말쟁이군!"

"무슨 근거로 그런 말도 안 되는 소리를 하는 거요?"

"흥! 자신이 있다면 말을 해야지 어째서 기업의 이름을 말하지 않는 것이지?!"

점점 강수를 거짓말쟁이로 몰아가는 규태, 강수는 이 모든 상황을 한마디로 일축시켜 버렸다.

"좋아, 백번 양보해서 내가 일하는 곳을 당신에게 알려준다고 칩시다. 같은 비즈니스맨끼리 좋은 감정이 생기겠소? 당신이 내 아이에게 거지라고 손가락질했는데?"

"아하, 그러니까 당신의 회사가 더 작으니까 꼬리를 내리는 것이네?"

"뭐, 좋을 대로 생각하쇼. 나는 최소한 오너로서 책임감 있게 행동하는 것뿐이니까."

규태가 강수를 이상한 사람으로 몰고 갈수록 여론은 점점 강수를 배척하는 쪽으로 흘러가는 것 같았다.

"크흠! 뭔가 안 좋은 사업이라도 하시는 모양이죠?"

"그렇지는 않습니다."

"한데 왜……."

"말씀드리지 않았습니까? 오너로서의 책임이라고."

"뭐, 그렇긴 하지만……."

규태는 이런 분위기를 즐기는 듯 이죽거리며 말했다.

"하하, 아무튼 뭣도 없는 놈들이 뻗대긴 잘도 뻗댄다니까!"

강수는 아무런 말도 하지 않았고, 규태는 계속해서 강수를 씹어대었다.

설화의 참관수업이 끝난 후, 유치원 교사들이 설화를 대하는 태도는 180도 달라졌다.

강수가 무슨 일을 하는 사람이건 간에 그가 기부한 홈시어터와 TV는 지금까지 규태가 쏟아 부은 돈보다 비쌌기 때문이다.

교사들은 강수가 설화를 자가용 조수석에 태우고 돌아가는 그때까지 연신 고개를 숙였다.

"살펴 가세요!"

"들어가십시오. 나오지 마시고요."

"예, 아버님!"

이윽고 강수가 설화의 집으로 차를 몰자 설화는 잔뜩 상기된 표정으로 강수에게 물었다.

"어떻게 온 거예요? 돈도 안 받았으면서."

"의리라고나 할까?"

"의리?"

"아저씨는 설화와 내가 친구라고 생각했거든. 친구끼리는 어려울 때 돕는 거야. 그런 것을 보고 의리라고 하지."

"아하, 그렇군요!"

설화는 강수의 손을 꼭 잡으며 말했다.

"좋아요. 나도 언젠간 아저씨를 도울게요. 그래야 친구니까요."

"후후, 고맙구나."

두 사람은 집에 도착할 때까지 손을 꼭 붙잡고 있었다.

*　　*　　*

중국 고비산맥 초입.

오늘은 한국계 대기업 악산그룹이 고비사막에 관광사업 확장을 위해 협상단을 파견했다.

악산그룹은 식품, 여행, 쇼핑 등으로 이뤄진 기업 집단으로 재계 순위 100위 안에 들어가는 회사다.

한국 주식시장에서 항상 강자로 군림하는 그들이지만, 오늘은 강수의 철저한 심사를 받아야 한다.

고비산맥을 관리하고 총괄하는 것은 오로지 강수의 권한이기 때문이다.

요즘 고비산맥은 신흥 관광지구로서 각광 받고 있는데다 그 부가가치가 꽤나 높기 때문에 사업 지분을 받기 위한 경쟁이 치열했다.

만약 악산그룹이 이곳에 관광사업의 일환인 리조트와 서

틀버스 등의 지분을 갖게 된다면 경쟁에서 선취점을 점하는 셈이 된다.

때문에 악산그룹의 협상단은 강수에게 잘 보이기 위해 갖가지 선물을 동원했다.

악산그룹 협상단의 팀장 이철민 이사는 열 명의 부하직원과 함께 강수에게 인사를 건넸다.

"안녕하십니까? 이철민 이사입니다. 말씀 많이 들었습니다. 한국과 일본에서 꽤 명망이 높다고요."

"아닙니다. 그저 운이 좋았을 뿐이지요."

그는 강수에게 50년근 산삼으로 담갔다는 산삼주를 건넸다.

"별것 아닙니다만 받아주시지요. 고비지역이 꽤 시원해졌다곤 해도 땀을 많이 흘리실 것 같아서 준비했습니다."

"뭘 그런 것을 다……."

산삼주를 받으려 하는 바로 그 순간 강수는 협상단에서 낯익은 얼굴을 발견했다.

그는 고개를 옆으로 돌려 그 주인공을 바라보며 말했다.

"어라? 혜민이 아버지 아니신가요?"

"허, 허억!"

낯익은 얼굴은 다름 아닌 규태였고, 강수는 잔뜩 인상을 찌푸렸다.

"…됐습니다. 술은 넣어두시지요."

"예, 예? 그게 무슨……."

"안 그래도 더운 고비지역에서 산삼을 먹고 쪄 죽으라는 말입니까?"

"죄, 죄송합니다! 그런 뜻이 아니고……."

"……."

이내 강수는 더 볼일이 없다는 듯 돌아섰다.

"다음 바이어들이 올 때가 되었는데……."

"사, 사장님, 잠시만 제 얘기를 좀 들어주신다면……."

강수는 고개를 가로저었다.

"부하를 고르는 눈이 없는 이사님과는 거래를 트고 싶지 않군요. 잘못했다간 제 체면만 망가질 것 같아서요."

"부, 부하라면……."

"뭐, 그런 사람이 있습니다."

규태는 세상이 다 무너지는 표정을 지었고, 강수는 그런 그를 바라보며 말했다.

"그리고 제가 거지라서 좋은 술은 못 마십니다. 그렇죠, 혜민이 아버지?"

"그, 그런 것이 아니라……."

"제가 뭐라고 했습니까? 내가 하는 일에 대해서 알려고 들지 말라고 했지요?"

"죄송합니다!"

"아무튼 저는 바빠서 이만……."

"사, 사장님!"

강수는 뒤도 돌아보지 않고 관리사무소로 들어가 버렸고, 규태는 사면초가에 몰리고 말았다.

"…성 과장!"

"예, 예?!"

"자네, 저 사람에게 도대체 뭘 잘못한 거야? 내 출셋길 막으려고 아주 작정을 했나?!"

"아, 아니요. 그런 것이 아니고……."

"시끄럽네!"

그들은 내일을 기약하며 고비산맥을 떠나 인근 숙소로 향했다.

다음날, 강수는 규태의 석고대죄를 받았다.

"죄송합니다! 다시는 그런 일 없도록 하겠습니다!"

"뭘 말이요?"

"심기를 불편하게 하는 일은 이제 절대로 없을 겁니다! 정말입니다!"

"자식 교육부터 제대로 시키시죠."

"무, 물론입니다!"

강수는 무릎을 꿇고 비는 그에게 말했다.

"좋소, 그럼 내가 당신들의 평가를 공정하게 치르겠소. 그 럼 되는 것이겠지?"

"당연하지요!"

"뭐, 그렇다면야 받아들여야지. 아무리 그래도 설화의 유 치원 동기 아버지인데."

"감사합니다!"

생각 같아선 확 좌천시켜 버리고 싶은 강수이지만 설화의 유치원 생활을 위해 참기로 했다.

＊　　＊　　＊

10월 초순, 설화는 요즘 적응할 수 없는 일을 겪고 있었다.

자신을 끝도 없이 괴롭히던 혜민이가 갑자기 매일 과자를 가져다 바쳤기 때문이다.

"헤헤, 설화야, 과자 먹을래?"

"싫어."

"그, 그러지 말고 받아줘. 응?"

"싫다니까 그러네."

"아이 참!"

이제는 혜민이를 피해서 도망 다니는 처지가 된 설화를 바라보며 교사들은 고개를 갸웃거렸다.

"도대체 무슨 일일까? 아까 보니까 혜민이 아버지가 직접 과자를 주면서 아이를 타이르고 있던데."

"그래?"

"아무래도 설화의 아버지가 정말 대단한 사람이 아닌가 싶어."

"그럴까?"

"그렇다니까!"

아무래도 유치원의 판도는 설화 쪽으로 완전히 기울어져 버린 것 같았다.

제8장
일본으로

　늦은 가을, 이제 슬슬 코끝이 시린 겨울이 다가오고 있었다.

　일본 홋카이도의 중심도시인 삿포로에는 벌써 쌀쌀한 바람이 불어오고 있었다.

　휘이이잉!

　신치토세 공항의 입국 게이트를 빠져나와 공항 정문으로 향하는 강수의 얼굴로 찬바람이 불어 닥쳤다.

　"춥군."

　공항의 자동문이 잠깐 열린 사이에도 이렇게 날카로운 바

람이 불어오는데, 과연 밖은 어떨지 상상조차 안 가는 강수
다.

단단히 옷깃을 여민 강수는 현지에서 구한 렌터카를 타고
삿포로의 중심가까지 갈 예정이다.

강수는 내일 삿포로 아사히나 호텔에서 열리는 홋카이도
소형 아파트 단지 조성의 입찰 때문에 일본을 찾은 것이다.

그가 하루 일찍 일본을 찾은 것은 이곳의 물정도 살필 겸
관광 차 일정을 당겼다.

하지만 어쩐지 그는 첫 단추부터 뭔가가 꼬이는 것을 느꼈
다.

원래대로라면 공항 밖에 주차되어 있어야 할 렌터카가 보
이지 않았다.

강수는 얼른 렌터카 회사로 전화를 걸었지만, 그들은 다소
황당한 소리를 늘어놓았다.

─죄송합니다! 저희 측에 착오가 있는 것 같습니다!

"착오요?"

─원래대로라면 손님께 중형차를 보내드려야 하는데 잘못
해서 다른 곳으로 보낸 것 같습니다.

"그럼 다시 보내면 될 것 아닙니까?"

─하지만 저희에게 남은 차가 그것 한 대뿐이라서…….

"…그게 도대체 무슨 말도 안 되는 소리입니까? 안 그래도

이곳 지리에 대해선 거의 문외한인 저에게 버스를 타고 다니
란 말입니까?"

―죄송합니다!

"허어, 참."

지금 당장 다른 렌터카를 알아보기엔 강수가 일본의 물정
에 익숙하지 않기 때문에 여의치가 않았다.

어쩔 수 없이 그는 공항에 있는 관광 책자를 구매해서 이
난관을 헤쳐 나가기로 했다.

삿포로 공항에서 버스를 타고 중심가로 나온 강수는 무려
두 시간이나 헤맨 끝에 자신이 사전에 예약한 호텔에 도착할
수 있었다.

하지만 오늘은 그의 일진이 사나운 모양인지 호텔에서도
렌터카와 비슷한 실수를 저질렀다.

"죄송합니다!"

"……"

"체크인을 중복해서 하는 바람에 방을 취소해 버렸습니다!
죄송합니다!"

"그건 또 무슨 말도 안 되는 소리입니까? 체크인을 중복해
서 하다니?"

"제가 신입이라 손님의 정보를 두 번이나 입력하는 바람에

전산에 오류가 나버린 모양입니다."

"…알겠습니다. 그럼 다른 방이라도 좀 주시죠."

"그게… 남은 것이 스위트룸뿐입니다."

"다른 방은 아예 없는 겁니까?"

"죄송합니다!"

그리 큰 호텔도 아니건만 지금 이 시기에 방이 없다는 것 자체가 이상했다.

하지만 분명 그녀의 말대로 이 호텔에는 지금 남은 방이 하나도 없었고, 호텔로 방을 구하러 들어온 여행객들도 전부 발을 돌리고 있었다.

보통 이런 호텔은 출발지에서 예약까지 모두 다 끝내고 오기 때문에 방을 놓치는 경우는 거의 없다.

호텔도 거의 모든 객실을 예약제로 운영하기 때문에 비예약 손님은 어지간해선 받는 일이 없었다.

한마디로 강수는 직원의 실수로 인해 낙동강 오리알 신세가 되어버린 것이었다.

"…미치겠군."

"죄송합니다! 다시는 이런 일이 없도록 하겠습니다!"

"됐습니다. 이 근처에 묵을 수 있는 방이 있는지나 좀 알려 주십시오."

"근방에 모텔촌이 있습니다. 그곳에서 묵으시면 될 것 같습니다만……."

"알겠습니다."

너무나 어처구니가 없어 말도 제대로 안 나오는 상황이지만 괜히 목소리를 높여봤자 불리한 것은 강수였다.

그는 별수 없이 발길을 돌려 모텔촌으로 향했다.

*　　　*　　　*

저녁 8시, 무려 네 시간이나 걸려 방을 잡은 강수는 축 늘어진 채 침대에 몸을 눕혔다.

"젠장, 오늘 일진이 정말 사납군."

그는 방금 전 삿포로역 근처에 있는 모텔을 무려 다섯 개나 다녀왔지만 방을 구할 수가 없었다.

방이 있다고 해도 값이 거의 세 배는 차이나는 특실밖에 남아 있지 않았기 때문에 투숙할 생각이 싹 달아났다.

그래서 그는 지하철로 다섯 정거장이나 되는 이나즈미코엔 역에 내려 작은 여관에 묵을 수밖에 없었다.

그나마 이곳은 값이 싼 편에 방도 넓고 침대도 좋았지만, 방음이 잘 되지 않는다는 것이 문제였다.

끼익, 끼익!

쿵쿵쿵!

침대에 누운 강수는 아까부터 위층과 옆방에서 들려오는 소음 때문에 도저히 견딜 수가 없었다.

"도대체 이렇게 방음이 안 되는 곳에서 어떻게 장사를 하는 거지?"

혈혈단신으로 이곳에 온 강수는 별의별 소리가 다 들리는 여관에서 어떻게 잠을 잘 것인지 벌써부터 걱정이 되기 시작했다.

원래는 여행을 목적으로 조금 빨리 내려왔지만, 차라리 하루 늦게 오는 편이 나을 뻔했다.

그는 별수 없이 자리에서 일어나 밖으로 나가기로 했다.

"제기랄, 술이라도 마셔야지."

내일 있을 입찰자 선정에서 떨어지지 않으려면 1차 인터뷰를 잘 마쳐야 할 텐데 술의 힘을 빌려서라도 잠을 자야 집중력이 흐트러지지 않을 것 같았다. 그는 여관에서 나와 동네 선술집으로 향했다.

삿포로는 인구 200만의 대도시로 홋카이도의 정치와 경제의 중심지라고 할 수 있었다.

하지만 도시 구석구석이 모두 균등하게 발달한 것이 아니기 때문에 후미진 골목도 많다.

강수는 그런 후미진 골목에 있는 작은 선술집으로 들어가

술을 한잔하기로 했다.

딸랑!

"어서 오십시오!"

"자리 있습니까?"

"네, 그럼요. 편한 곳에 앉으십시오."

이곳 선술집은 즉석에서 꼬치를 구워서 파는데 직장인은 물론이고 학생들도 간간이 발견할 수 있었다.

강수는 자신이 잘 먹어보지 못한 꼬치들을 시켜 간단히 식사를 대신하기로 했다.

"민치 구이 두 개에 야끼도리 하나 부탁합니다. 그리고 생맥주 한 잔 주시고요."

"예, 알겠습니다!"

호쾌한 목소리의 주인장은 그 자리에서 신선한 재료를 꺼내어 요리를 시작했고, 강수는 미리 나온 맥주로 목을 축였다.

꿀꺽꿀꺽!

"크흠, 좋군."

삿포로는 맥주축제가 열릴 정도로 맥주로 유명한 고장인데, 거대한 맥주공장이 들어서 있어 산지에서 직접 가지고 온 생맥주를 선술집에서도 마실 수 있었다.

강수는 주인장이 직접 가지고 온 생맥주를 한 잔 마시곤 이내 감탄사를 연발했다.

"진짜 맥주는 산지에서 마셔야 제맛이군."

그는 지금까지 자신이 겪은 고생이 맥주 한 잔에 눈 녹듯이 녹아내리는 것을 느낄 수 있었다.

이윽고 그의 앞에 향긋하게 구워진 꼬치 여섯 개가 그 모습을 드러냈는데 하나같이 독특한 향을 가지고 있어 입맛을 당기게 만들었다.

강수는 가장 먼저 도톰한 살로 만들어진 민치 구이를 한입 베어 물었다.

"쩝쩝."

하지만 애석하게도 꼬치구이의 맛이 한국인의 입맛과는 조금 어울리지 않았다.

약간 느끼하면서도 달달한 소스의 맛이 결코 감칠맛과는 거리가 멀었다.

분명 현지인들은 맛있다며 엄지를 치켜세울 그런 맛이었지만, 강수는 그것이 영 입에 맞지 않았다.

그러나 외지인이 시식하는 모습을 웃는 얼굴로 지켜보는 주인장 앞에서 인상을 찌푸릴 수는 없었다.

"마, 맛있군요."

"하하, 정말요?! 핸드폰에 붙어 있던 스티커를 보고 한국 분이시라 조금 걱정했는데 입에 맞으시다니 정말 다행이군요."

"ㄱ, 그렇군요."

아마도 그는 가끔 한국인들에게 꼬치가 입맛에 안 맞는다는 소리를 들어온 것 같았다.

그래서 아까부터 강수를 초조한 눈빛으로 쳐다보고 있었던 모양이다.

'어쩌지.'

성격상 먹을 것을 남기지 못하는 강수이기 때문에 어떻게든 이 꼬치를 다 먹을 것이다.

하지만 결코 맛있게 먹었다는 소리는 하지 못할 것 같았다.

그는 조용히 술잔을 내밀어 한 잔 더 주문했다.

선술집에서 제대로 된 식사를 하지 못한 강수는 편의점에서 느끼한 속을 달래기로 했다.

그런데 반갑게도 이곳 편의점에 한국산 소주가 떡하니 놓여 있는 것이 아닌가?

"소주?!"

그는 허겁지겁 달려가 소주를 세 병이나 바구니에 담고 고추장과 오징어를 한 마리 집어 들었다.

이런 외지에서 한국 음식을 먹을 줄은 꿈에도 몰랐던 강수는 서서히 입가에 미소를 띠었다.

"좋군."

이윽고 물건을 들고 카운터로 다가간 강수는 빙그레 웃으며 계산을 부탁했다.

"이것 다 담아주세요."

"예, 알겠습니다."

삐빅, 삐빅!

강수는 가만히 서서 카운터 계산기에 찍히는 물건 값을 바라보고 있었는데 그 가격이 생각지도 못할 정도로 치솟기 시작했다.

2,000 ¥

그는 순간 고개를 갸웃거렸다.

"어, 어라? 이상하네. 오징어가 그렇게 비싼가? 아무리 그래도 한 마리에 천오백 엔이나 할 리가 없는데……."

상식적으로 이해를 할 수 없는 강수, 편의점 직원은 이 상황에 대해 아주 간단명료하게 설명했다.

"비싼 술을 고르셨네요. 원래 한국 소주는 생각보다 비쌉니다."

"그, 그런가요?"

"그나마 좀 싼 것을 고르셨는데, 비싼 것은 한 병에 천 엔도 넘습니다."

"그렇군요."

어쩐지 일본에 오자마자 계속 일이 꼬이는 것만 같은 강수이다.

"…다시 고를게요."

"그러시겠어요?"

어치피 돈을 아끼긴 힘들 것 같고, 그는 편의점에서 가장 많이 팔리는 사케로 쓰린 속을 달래기로 했다.

＊　　　＊　　　＊

터덜터덜 걸어서 숙소로 돌아가는 길, 강수는 자신의 손에 들린 검은 봉지를 바라보며 한숨을 내쉬었다.

"후우, 이게 뭐야? 기껏 여행을 겸해서 왔더니……."

이제까지 단 한 번도 혼자서 여행을 해본 적이 없는 강수는 오랜만에 시간을 내어 삿포로에 왔지만 운이 따라주지 않았다.

야옹!

"……."

심지어 아까부터 계속해서 고양이가 강수의 오징어를 노리고 따라오고 있었다.

그냥 신경을 끄면 간단한 일이지만, 자꾸 봉지를 손톱으로 건드리는 바람에 여간 짜증이 나는 것이 아니었다.

"쉿! 저리 가!"

캬하아악!

"젠장, 이제는 고양이까지 나를 괴롭히는군."

고양이는 강수에게 하얀 이를 드러내더니 이내 성질을 버럭 내며 돌아섰다. 어쩐지 일본과 자신은 맞지 않는다는 생각이 들 정도로 운이 따라주지 않는 하루다.

"잠이나 자야지."

힘이 쭉 빠진 상태로 여관으로 들어가려던 바로 그때, 강수는 계단에서 잠시 내려와 여관과 여관 사이의 골목으로 향했다.

어쩐지 아까부터 그곳에서 조금 신경이 쓰이는 소리가 들려오고 있었기 때문이다.

"…왜, 왜 이러세요?"

"왜 이러긴, 다 알면서 이곳까지 온 것 아니었어?"

"분명히 저녁을 함께 먹으면 우리 아빠는 건드리지 않는다고……."

"그래, 저녁. 그 저녁에 네 몸도 포함되어 있어. 몰랐어?"

강수는 대화의 내용상 저 남자가 억지로 여자를 취하려 한다는 것을 알 수 있었다.

하지만 지금 당장 저들을 처단하기엔 일렀다.

저 여자가 과연 남자에게 무슨 약점을 잡혔는지 알아내지 못한 채 달려들었다간 오히려 여자를 곤란하게 만들 수도 있기 때문이다.

그는 저들의 대화를 조금 더 들어보기로 했다.

"저는 당신과 저녁을 먹는 것만 생각했지 몸을 바칠 생각은 못 했다고요."

"그런 생각을 하면서 나오는 여자가 어디 있어? 그냥 상황이 그렇게 흘러가면 그에 따라서 몸도 따라가는 것이지."

"하, 하지만······."

"가자고. 너에게 있어서도 꼭 나쁜 일만은 아닐 거야."

"아, 안 돼요. 자꾸 이러시면 소리 지를 거예요."

"흐흐, 그래? 그렇다면 질러봐. 이 근방에서 너를 도와주겠다고 나타날 사람이 있는지 보자."

사내가 몸을 움직일 때마다 팔과 목에 문신이 보였는데, 아무래도 이 근방에서 활동하는 야쿠자가 아닌가 싶었다.

그는 이제 그녀의 손을 억지로 잡고 벽에 밀어붙이며 치마 속으로 손을 집어넣었다.

"꺄악! 살려주세요!"

"흐흐, 소용없어! 여기 여관 주인들도 내 동생들과 엮어 있거든."

"흑흑!"

이제 정황은 다 확보된 것 같았고, 강수는 본격적으로 오늘 받은 스트레스를 풀어보기로 했다.

그는 물건을 담았던 봉지를 얼굴에 뒤집어쓰곤 두 사람의 앞에 모습을 드러냈다.

"어이, 거기 덩치!"

"뭐?"

슬그머니 고개를 돌리는 야쿠자, 강수는 그에게 다짜고짜 따귀를 올려붙였다.

짜악!

"크헉!"

그런데 그 따귀 한 대에 어금니 두 개가 날아가 버렸고, 다짜고짜 얼굴을 얻어맞은 야쿠자는 화가 머리끝까지 나서 강수에게 다가왔다.

"이 새끼, 미쳐도 단단히 미쳤군! 감히 내가 누구인 줄 알고!"

"그걸 내가 꼭 알아야 하나? 마침 짜증이 머리끝까지 나던 참인데 잘되었군. 네놈을 두들겨 패서라도 분을 풀어야겠다."

"이런 미친놈을 보았나?"

잔뜩 화가 난 야쿠자가 강수에게 주먹을 휘두르자 강수는 일부러 그 주먹을 맞아주었다.

퍼억!

그리고 강수는 자신이 맞은 것에 오히려 기뻐했다.

"후후후, 좋아. 자, 이젠 너도 한 대 쳤으니 정당방위가 되는 것이다. 쌍방폭행, 알지?"

"무슨 개소리를……."

강수는 그의 목덜미를 손날로 가볍게 친 후 약간 굽은 그의 등을 발꿈치로 내리찍었다.

빠악!

"끄아아악!"

"무슨 개소리냐니, 네가 요단강을 건너게 되었다는 소리지."

등짝을 발꿈치로 찍힌 충격으로 바닥에 엎드리게 된 그에게 강수는 가차 없이 발길질을 선사했다.

퍽퍽퍽퍽!

얼굴을 축구공처럼 발로 차는가 하면 갈비뼈가 부러질 때까지 밟기도 했다.

강수의 무지막지한 구타에 거대한 덩치의 사내는 몸을 잔뜩 웅크린 채 비명을 내질렀다.

"크아악! 살려줘! 사람 살려!"

"아직도 주둥이를 놀릴 기운이 남았나 보군. 좋아, 그렇다면 지금부터 본격적으로 손을 봐주도록 하지."

"사, 살려주십시오!"

"으음, 그건 안 돼. 나는 한 입으로 두 말을 하는 사람이 아니다. 내가 분명히 요단강을 건널 것이라고 했으면 반드시 그렇게 되어야 해."

"흑흑, 죄송합니다!"

"죄송할 것 없어. 그냥 네가 재수 없는 것뿐이니까. 차라리 지나가다가 똥을 밟았다고 생각하는 편이 좋을 거야."

강수가 다시 한 번 손을 높이 들자 그녀가 뜻밖의 행동을 했다.

"그, 그만……."

"비키세요. 잘못하면 다칩니다."

"부탁이에요. 이 사람을 죽이지는 마세요."

"안 죽일 겁니다. 그러니 비키세요."

"하, 하지만……."

자신을 강간하려 한 남자를 감싸는 여자, 강수는 고개를 갸웃거렸다.

"둘이 각별한 사이입니까?"

"아니요."

"그럼 친척지간입니까?"

"…아니요."

"그런데 어째서 이런 쓰레기를 감싸는 겁니까? 어차피 살려둬 봐야 사회의 암적인 존재밖에 안 될 놈이거늘."

"그래도 살인은 나쁜 것이니까요."

강수는 그녀를 이해할 수 없었지만 그렇다고 당사자가 괜찮다는데 상대방을 죽일 수는 없었다.

그가 어쩔 수 없이 주먹을 거두어들이자 사내가 자리에서 벌떡 일어섰다. 그리곤 이내 뒤도 돌아보지 않고 걸음아 날 살려라 하고 내달리기 시작했다.

"허억, 허억!"

그리곤 강수와 조금 멀어지자 갑자기 돌아서서 온갖 욕을 퍼부어댔다.

"이런 개새끼! 네가 도대체 뭐하는 놈인지는 몰라도 내가 죽어서도 끝까지 찾아내 죽이겠다! 두고 봐라! 정말 죽일 테니까!"

"……."

이윽고 골목으로 자취를 감추어 버린 그를 바라보며 강수가 말했다.

"거 보십시오. 제가 뭐라고 했습니까? 저런 놈은 사회악이라 살려두면 안 된다고 하지 않았습니까?"

"…죄송해요. 하지만 저 사람은 당신의 얼굴도 모르는걸요."

강수는 고개를 가로저었다.

"저런 놈쯤이야 100트럭이 몰려와도 전혀 두렵지 않습니다. 다만 당신이 걱정이지요. 그쪽은 얼굴도 가리지 않았는데 도대체 어쩌려는 겁니까?"

"괜찮아요. 어차피 저도 절반쯤은 각오하고 있는 일인 걸요."

그는 속으로 인상을 확 찌푸렸다.

"그럼 당신은 저놈에게 겁간을 당할 줄 이미 알고 있었다는 소리입니까?"

"원래 소문이 좋지 않은 사람이에요. 야쿠자 중에서도 악독하기로 소문이 났고요. 그런데 저 사람은 처음 날 보자마자 추파를 던졌어요. 그리고 아버지가 빚 때문에 고생하고 있을 때에도 지금과 비슷한 요구를 했지요. 그래서 전 알았어요. 언젠가는 이런 일이 일어날 것을요."

"흠."

그녀는 이내 강수에게 꾸벅 고개를 숙였다.

"아무튼 감사합니다. 제가 뭘 어떻게 보상해야 할지 모르겠네요."

"보상은 무슨, 지금 이 길로 경찰서에나 가보십시오. 더 이상 이곳에 있다간 더 험한 꼴을 당할지도 모릅니다."

"아니요. 괜찮아요."

강수는 그녀의 손을 잡아 이끌었다.

"갑시다. 이곳에 있다간 저놈이 무리를 이끌고 올지도 몰라요. 그때는 손 쓸 방도가 없다고요."

"하지만……."

"이것이 나에 대한 보답이라고 생각해요. 그러면 될 것 아닙니까?"

"알겠어요."

강수는 그녀를 이끌고 근방에 있는 치안센터로 향했고, 그곳에 상주하고 있는 경찰관에게 그녀를 인계하기로 했다.

다행히도 근방에는 CCTV 몇 대와 치안센터가 자리하고 있어서 그녀를 안전하게 데리고 가는 것엔 문제가 없을 것 같았다.

하지만 정작 문제는 강수 본인의 행색이었다.

"수고하십니다. 강간범 신고를 하러⋯⋯."

"허, 허억! 가, 강도?!"

"아니요. 그게 아니라⋯⋯."

"손들어!"

경찰관은 강수를 보자마자 권총을 꺼내 들었고, 겁을 잔뜩 먹은 그녀는 자리에 털썩 주저앉고 말았다.

"아아⋯⋯!"

"이봐요! 괜찮아요?"

당연히 쓰러진 그녀를 향해 두 손을 뻗는 강수에게 경찰은 더욱 다급하게 외쳤다.

"가만히 있으라고 했다! 두 손을 들고 조용히 무릎을 꿇어라!"

"젠장!"

이대로 가만히 있다간 정말로 총을 맞을 것 같은 강수는 이
내 몸을 날려 3층 건물을 훌쩍 뛰어넘었다.

파앙!

한 바퀴 공중제비를 돌아 건물을 넘어선 강수는 이내 얼굴
에 쓰고 있던 봉지를 벗고는 곧바로 여관으로 쏙 들어가 버렸
다.

그제야 권총을 거두어들인 경찰관이 황급히 쓰러져 있는
그녀를 안아 들었다.

"괜찮습니까?!"

"네. 괜찮아요."

"다행이군요. 저런 미친놈, 감히 경찰 앞에서 그런 말도 안
되는 짓거리를 하다니… 확 구속시켰어야 하는데!"

그녀는 고개를 가로저었다.

"아니요, 당신이 오해하신 거예요. 저 사람은 강도가 아니
에요."

"강도가 아니라니요?"

"저를 구해 주신 사람이라고요. 저 사람이 아니었다면 전
정말 강간을 당했을 거라고요."

"흠……."

이내 경찰은 그녀에게 강간당할 뻔한 경위를 물었다.

그러자 그녀는 간단히 그때의 경위를 설명했고, 범인의 몽타주는 살짝 다르게 진술했다.

*   *   *

이른 아침, 강수는 홋카이도 소형 아파트 단지 조성 사업자 선정에 참가하기 위해 삿포로 네이튼호텔을 찾았다.

네이튼호텔 연회장에서 열린 사업자 선정에는 총 열다섯 개 팀이 참가했는데 이상하게도 식장에는 단 네 팀만이 자리하고 있었다.

강수는 혹시나 하는 마음에 행사를 진행하는 요원들에게 다가가 행사 유무를 물었다.

"오늘 입찰자 선정이 있는 날 아닙니까? 며칠 전에 연락을 받았습니다만."

"맞습니다. 오늘입니다. 성함이 어떻게 되시는지요?"

"이강수입니다."

"KS투자개발 대표이사님 맞으십니까?"

"네, 그렇습니다."

"맞게 오셨네요. 앞으로 40분 후에 행사를 시작할 겁니다. 자리에 앉아서 대기해 주시지요."

"감사합니다."

오늘의 행사에는 1차 구두 면접을 치른 후 2차 서류 과정으로 이어지는 면접식 입찰이 진행될 예정이다.

때문에 어지간한 회사들은 대부분 자신들의 강점과 벤치마케팅 이점을 들어 심사관들을 설득하려 할 것이다.

이것이 바로 삿포로시가 지향하는 새로운 건설 입찰의 의미이며, 더 나아가선 북해도 인근 지역들이 원하는 제도 개선의 한 방법이었다.

하지만 어쩐지 오늘은 그런 자각을 갖고 있는 사람이 한 사람도 없는 것 같았다.

남을 설득시키기 위해선 분명 철저하게 서류를 준비해 왔을 것이고, 그것을 몇 번이고 달달 외워야 통과가 될까 말까 하다.

그럼에도 불구하고 시간에 딱 맞춰서 오거나 오히려 조금 늦는다면 그만큼의 불이익이 찾아올 것이 분명했다.

"건설에 뜻이 없나?"

강수는 KS건설을 북해도에 상륙시켜 지금껏 보지 못한 새로운 방식의 공법으로 아파트를 지을 생각이다.

그리고 인근의 생태를 극대화시키면서도 사람이 살기 가장 좋은 조건을 갖추어 북해도 전체는 물론이고 더 나아가서는 일본과 한국까지 퍼뜨리는 것이 목표이다.

물론 지금까지 그가 중국에서 해온 것을 생각하면 지금과 같은 소형 아파트 단지 조성은 새 발의 피에 불과하지만, 일본의 트렌드를 생각하면 필수불가결한 도전이다.

그래서 강수는 며칠 전부터 철저한 분석과 치밀한 공략법 구상을 통해 승부수를 던져 보려 한 것이다.

하지만 지금 이 광경은 그런 노력을 무색하게 만들었다.

오늘 행사의 시작은 아침 10시, 이제 막 행사가 시작하려는데도 참가 팀은 더 이상 나타나지 않았다.

다만 거의 막바지에 한 팀이 도착하는 것 같아 보였다.

"얘들아, 형님 오신다!"

"예!"

그러나 어쩐지 그들의 행색은 일반적인 사업가와는 아주 달랐다.

검은색 정장에 짧은 스포츠머리, 언뜻 보기엔 한국의 조폭과 그다지 큰 차이점이 없어 보였다.

강수는 이들이 과연 어떤 사람들인지 굳이 물어보지 않아도 알 수 있을 것 같았다.

'건설에 야쿠자들이라……. 하긴 그렇게 이상한 풍경은 아니지.'

예나 지금이나 주먹들이 건설과 부동산에 끼어드는 것은 오히려 자연스러울 정도로 빈번한 일이다.

그러므로 지금의 상황도 아주 이상하다고만은 할 수 없는 일이었다.

그런 그들 사이에서 목발을 짚고 걸어오는 이가 있었으니 강수는 그를 바라보며 속으로 실소를 흘렸다.

'어제 그 깍두기?'

거의 다 죽어가는 얼굴로 들어서는 사내의 얼굴은 심하게 뭉개져 있었는데 그는 바로 어제 강수가 흠씬 두들겨 패준 남자였다.

"늦지 않았지?"

"예, 형님!"

"들어가서 위원님들에게 인사해라."

"예, 알겠습니다!"

그는 이 상황이 너무나 재미있어서 그만 웃음이 터질 뻔했다.

'세상은 요지경이라더니 이런 일이 다 있군.'

그러나 지금 그가 웃음을 터뜨리면 분명 불미스러운 일이 발생할 테니 이를 악물고 참아야 했다.

강수는 억지로 자신이 준비한 자료들을 훑어보며 마음을 다잡았다.

제9장
Bong—ji's 레인저

홋카이도 소형주택 공개 입찰이 진행되는 현장.

다섯 명의 남자가 일렬로 앉아 면접을 실시하고 있다.

강수는 면접관에게 아까부터 자신이 만들어낸 고비산맥에 대해 열심히 설명했다.

"저는 사막에 운하와 산맥을 만들어냈습니다. 이 삿포로에 새로운 협곡과 계곡을 만들고 그 사이에 소규모 아파트를 짓는 것도 불가능한 일은 아니라고 생각합니다."

"흠······."

그는 자신이 구상해 온 포트폴리오를 면접관에게 보여주

었는데, 그 안에 들어 있는 내용은 상당히 창의적인 것이었다.

우선 기존 삿포로의 자연 경관을 살리면서도 새로운 협곡과 계곡을 형성하여 아파트가 들어설 부지를 친환경적으로 꾸민다.

그리고 그 위에 아파트를 짓는데, 주변의 자연 경관을 전혀 해치지 않는 선에서 공사를 마무리하는 것이다.

그 모든 것이 가능한 이유는 바로 강수의 독특한 공법 덕분인데, 그는 이것을 엔트리 콘크리트 공법이라고 소개했다.

엔트리 콘크리트는 강수와 랄프가 개발한 콘크리트로 이 안에는 제2의 물질인 미스릴과 엔트의 줄기가 들어간다.

그리고 콘크리트의 재료가 되는 시멘트를 만드는 데엔 아이언 골램의 표피가 들어가게 된다.

아이언 골램은 온몸이 철로 이뤄진 초대형 골램인데, 이 녀석의 표피를 잘 갈아서 마나의 정수와 섞으면 총 50개의 마법 광물을 채취할 수 있었다.

그중에 하나가 바로 미스릴이고, 그 나머지 물질을 전부 다 혼합하면 겉은 단단하고 속은 물렁거리는 고무 철이 탄생하게 된다.

고무 철은 드워프들이 아힌리히트의 둥지를 지으면서 개발한 물질인데, 이것은 오로지 드래곤만이 사용할 수 있었다.

그것은 바로 아이언 골램 자체가 아힌리히트의 드래곤 하트에 내재되어 있는 용언으로만 만들어낼 수 있기 때문이다.

하지만 이제 강수는 두 차례의 환골탈태를 거쳐 이미 드래곤 하트를 소량이나마 사용할 수 있게 되었으니 당연히 아이언 골램도 만들어낼 수 있었다.

강수와 랄프는 이러한 고무 철에 다 큰 엔트의 줄기를 섞어서 철근과 함께 굳혔는데, 이렇게 하면 엔트의 줄기가 땅의 기운에 반응하여 콘크리트 자체가 죽지 않고 살아 있는 생명체와 같은 대사를 하게 된다.

한마디로 건물 자체가 살아서 숨을 쉬는 하나의 생명체로 재탄생하게 되는 셈이다.

하나 면접관은 강수의 이런 공법에는 별 관심이 없는 것 같았다.

그는 아주 심드렁한 표정으로 일관하며 강수의 자료 따윈 읽지도 않고 쓰레기통으로 직행시켜 버렸다.

"잘 알겠습니다. 그럼……."

"다, 다 읽으신 겁니까?"

"네, 그렇습니다. 뭐가 잘못되었는지요?"

"아니요. 그런 것은 아니지만……."

강수가 더 이상 무슨 말을 해야 할지 당황하여 입을 벌리지 못하는 바로 그때였다.

방금 전에야 도착한 야쿠자들이 면접관에게 다가왔다.

"아이고, 부장님! 오랜만입니다!"

"하하, 자네들, 요즘 얼굴 보기가 왜 이렇게 힘들어?"

"죄송합니다. 하지만 저희들도 목구멍이 포도청이라 어쩔 수가 없었습니다. 인사를 드린다는 것이 항상 실천을 못하네요. 이것 참."

이윽고 야쿠자들은 그에게 두툼한 황색 봉투를 건넸다.

"성의입니다. 받아주시지요."

"험험, 이 친구들 보게. 이러면 안 되는데……."

"에이, 왜 이러십니까? 우리가 어디 남입니까? 운명공동체, 가족 아니겠습니까?"

"하하, 그런가?"

그제야 강수는 이 사람이 어째서 이렇게까지 강수에게 심드렁했는지 알 것 같았다.

그는 이미 야쿠자들에게 매수당해서 어쩔 도리가 없는 사람이었던 것이다.

'정경유착이 뿌리 깊숙이 박혀 있군. 어쩐지.'

삿포로의 아파트 단지 조성은 국가에서 주도하는 사업으로 지금처럼 돈을 주고받았다간 큰일이 난다.

하지만 이들은 이곳을 마치 자신들의 안방처럼 이용하고 있었고, 주변에 있는 사람들도 그것을 크게 신경 쓰지 않는 것 같았다.

그것은 다른 말로 풀이하자면 이곳에 있는 모든 사람이 이 둘의 관계를 포장하기 위해 만들어진 들러리라는 소리였다.

'이 새끼들.'

강수는 자신은 본체만체하는 면접관을 뒤로한 채 일어섰다.

"감사합니다. 그럼……."

"그래요. 잘 가요."

그는 강수를 쳐다보지도 않은 채 손을 내저었고, 주먹을 꽉 말아 쥔 강수는 이내 면접장을 나섰다.

*　　　*　　　*

홋카이도 소형 아파트 단지가 들어설 곳은 하코다테와 삿포로 사이에 위치한 다테 지역으로 동쪽에 시코쓰 호를 끼고 있는 한적한 도시다.

이번 아파트 단지 조성은 홋카이도 전역을 걸쳐 조성되는데 다테는 그 첫 번째 도시였다.

인구의 비율로 따진다면 오히려 삿포로 중심가에 아파트 단지를 조성하는 것이 좋지만, 일본 정부는 홋카이도의 인구 분산정책의 일환으로 이와 같은 결정을 내렸다.

또한 여러 가지 서민 지원정책을 실시하여 이주민을 끌어모아 제2의 삿포로로 만든다는 것이 정부의 목표였다.

현재 일본 정부는 이곳에 아파트 단지를 조성하여 수익과 인구의 유입 수치를 확인한 후 2차 단지를 조성할 계획이었다.

만약 1차 단지 조성이 성공적으로 끝나게 된다면 역 이촌향도를 꿈꾼 젊은이들이 대거 몰릴 것이라는 의견이 지배적이었다.

하지만 문제는 이곳에 사는 원주민과 지주들을 정리하는 일이 만만치 않다는 것이었다.

소형 아파트를 분양하는 데 들어가는 돈이 너무 크게 되면 이주민들의 부담이 클 것이고, 그것은 이주를 막는 아주 중요한 요인으로 작용하게 된다.

때문에 홋카이도 지방정부는 이것을 해결하기 위해 땅값을 조금이라도 싸게 지불할 수 있는 방안을 찾고 있었다.

현재 다테 아파트 단지 조성에 걸림돌로 지목되고 있는 가카와키 초, 이곳은 신도시 개발의 시작임과 동시에 암초로 불린다.

이곳은 분명 정부에겐 땅값을 후려쳐야 하는 뜨거운 감자이지만, 강수와 같은 사업자에겐 파트너 대상이다.

만약 강수가 이곳의 땅을 제값을 주고 구매한 후 아파트를 싸게 분양한다면 충분히 중간에서 중재를 할 수 있기 때문이다.

더군다나 아파트 입찰을 따낸다고 해도 이곳의 촌장과 협상을 매끄럽게 마무리 짓지 못하면 공사는 진행할 수가 없을 것이다.

아무리 정부의 이주민 정책 때문에 지어 올리는 아파트라고 해도 지방정부 마음대로 마을을 허물 수는 없는 일이기 때문이다.

강수는 가카와키 초의 촌장 요시야마 마사히루가 거주하고 있는 아이누 전통 주택을 찾았다.

원래 홋카이도는 아이누 족이 살던 터전으로, 넓게는 러시아 사할린과 쿠릴 열도까지 분포해 있던 아이누 족의 한 갈래이다.

외모적으로는 일본인과는 또렷하게 분류될 정도로 그 특색을 가지고 있으며, 고유의 문화도 가지고 있었다.

하지만 메이지 정부의 타민족 말살 정책으로 인하여 그 숫자가 급격히 감소했다.

아이누 족들의 언어는 물론이고 문화, 심지어는 목숨까지도 일본에게 빼앗겨 그 혼을 탈색당한 것이다.

또한 러시아가 사할린과 쿠릴 열도를 점령하면서 홋카이도 남부로 내려와 일본 현지인과 섞여 살기도 했으나, 일본

내부의 인종 차별로 인하여 그 숫자가 감소해 지금은 순수 혈통 아이누 족은 그리 많지가 않다.

게다가 아직도 일본 극우단체는 아이누 족을 차별하며 공격하는 데 고삐를 늦추지 않고 있었다.

여러모로 살기 각박한 아이누 족이지만 여전히 그 전통과 문화를 지키기 위해 노력하고 있었다.

강수는 그런 홋카이도에서 푹 들어간 눈과 도드라진 콧대의 상당히 이국적인 얼굴의 요시야마 마사히루를 만날 수 있었다.

요시야마 집안은 순수 혈통 아이누 족으로서 원래는 쿠나시르 섬에서 사할린과 캄차카 반도로 동물 가죽을 실어 나르던 보부상 집안이었다고 한다.

하지만 2차 세계대전이 발발하고 난 후 홋카이도로 피난을 왔다가 다시는 고향으로 돌아갈 수 없게 되어버렸다.

그 이후로 70년 동안 전쟁의 폐허 속에서 굶주린 생활을 하며 지금까지 넉넉하지 않은 생활을 영유해 온 것이다.

이제는 집안의 마지막 후손이 되어버린 마사히루는 두 딸을 키우며 버섯 재배와 민물 조업으로 생계를 유지하고 있었다.

이제는 환갑이 되어버린 그는 강수에게 요즘 자신을 자꾸 짓누르는 정부의 비상식적인 정책에 대하여 하소연했다.

"우리가 가진 땅값은 더럽게 싼데 이곳을 벗어나 집과 터전을 다시 잡으려면 그 몇 배는 족히 들 걸세. 하지만 일본 중앙정부는 그런 것을 전혀 신경 쓰지 않는 것 같아."

"그렇다면 진징서를 내야 하는 것 아닙니까?"

그는 고개를 가로저었다.

"이곳은 하루가 멀다 하고 야쿠자들이 들락거려도 신고조차 제대로 되지 않는 곳일세. 더군다나 중앙정부에 소원을 냈다가 한번 호되게 당한 적이 있어서 그다음부터는 아예 입도 뻥긋하지 않고 있다네."

그는 밀짚을 엮어서 만든 집의 마루에 걸터앉아 계속 그물을 손질하고 있었는데, 그 손이 다 갈라져서 딱딱하게 굳은살이 박여 있었다.

그 모습이 마치 골램의 손가락을 연상케 하여 강수의 마음이 썩 좋지가 못했다.

그럼에도 불구하고 그는 끝도 없이 그물을 손질하며 강수에게 마음속 얘기를 더 꺼내놓았다.

"하지만 이곳에서 맞아 죽는 한이 있어도 버티는 것은 두 딸 때문이라네. 그나마 이 집이라도 없으면 우리 딸들은 거리에 나앉게 될 걸세. 안 그래도 시골에 사느라 변변한 신랑감하나 만날 수 없는데 말이야."

"걱정이 크시겠군요?"

"후우, 누가 저놈들 좀 잡아가 주었으면 아주 속이 다 시원하겠어."

강수는 어부 마사히루가 아주 소박하고도 성실한 사람이라는 것을 알 수 있었다.

그는 비록 넉넉한 살림은 아니지만 자신이 하는 일에 만족하면서 욕심 없이 살아가고 있었다.

만약 다른 사람 같았으면 범죄를 꿈꾸었거나 복권이라도 맞았으면 좋겠다고 말했을지도 모른다.

하지만 그는 오로지 자신의 터전만 지킬 수 있다면 법 없이도 살 사람이었다.

그는 아까 전 강수가 접선을 위해 말한 정경유착에 대하여 아주 치를 떨며 말했다.

"그놈들, 아주 나쁜 놈들일세. 중앙정부에 손을 뻗고 있는 극우파 국회의원들과 친분을 쌓고 있어서 감히 경찰도 어떻게 할 수 없어. 그래서 매번 우리 마을을 찾아와 난동을 부리곤 하지."

"흐음."

"내 딸들도 놈에게 몇 번이나 유린당할 뻔했는데 다행히도 우리 집 개들이 필사적으로 달려들어서 위기에서 벗어났다네."

강수는 조금 특이하게 생긴 개들이 곳곳에 위치하고 있는 것을 알 수 있었는데 진돗개와 사모에드를 섞어놓은 것 같았다.

그는 이 녀석들이 바로 홋카이도의 토종개인 아이누견이라는 것을 어렵시 않게 알 수 있었다.

아이누견은 곰을 사냥하는 개로 유명한데, 그 사냥개 특유의 호전성 때문에 집 지키는 개로 명성이 자자했다.

이렇게 많은 개들이 있으니 아무리 야쿠자들이라곤 해도 집에선 딸들에게 해코지를 못한 것이 틀림없었다.

강수는 아마도 이 개들이 없었다면 진작 집이 불에 타버렸을 것이라고 생각했다.

만약 그들이 생각보다 훨씬 더 정신 나간 짓을 한다면 인명 피해로 번질 수도 있을 터였다.

그의 얘기를 들은 강수는 이것이 자신의 이득뿐만 아니라 사람의 목숨이 걸린 일이라는 것을 절감했다.

다소 심각한 표정이 되어버린 강수에게 마사히루는 사람 좋은 웃음을 지으며 말했다.

"자네, 한국에서 왔다고 했나?"

"예, 그렇습니다."

"꽤 멀리서 왔지만 아주 기운이 나쁘지는 않군. 만약 자네가 악심을 품었다면 벌써 저 녀석들이 난리를 쳤을 걸세. 하지만 짖지 않고 있지?"

강수가 녀석들에게 다가가자 정말로 꼬리를 치며 반갑게 그를 맞이하는 아이누견들이다.

그는 이것을 두고 인연이라는 단어를 꺼내어 합을 맞추었다.

"아이누 족은 이방인을 배척하지 않는다네. 어떤가? 오늘 이곳에서 저녁을 함께하는 것이."

"초대를 해주신다면 마다하지는 않겠습니다만, 그래도 되는지 모르겠군요."

"뭐 어떤가? 만약 부담이 된다면 오늘 하루 조업을 도와주는 대가로 밥을 먹는 것이 어떨까?

남의 집에서 객식구 노릇을 하는 것이 못내 마음에 걸리던 강수이기에 그의 제안은 상당히 솔깃했다.

"그런 조건이라면 아주 흔쾌히 받아들일 수 있겠군요."

"그래, 그럼 어서 조업을 나가서 먹을 것을 구해 오자고. 이제 곧 딸들이 올 때가 다 되었어."

"예, 촌장님."

두 사람은 이내 호숫가로 고기잡이를 떠났다.

*　　　*　　　*

마사히루의 조업 방식은 한국 민물 어부들의 것과 크게 다르지 않았는데, 그물이나 통발 등으로 고기를 낚았다.

어떨 때엔 대나무 낚싯대로 물고기를 낚을 때도 있지만, 그 때는 장어가 잡히는 철뿐이다.

대부분은 그물과 통발로 고기를 잡아서 수산시장에 내다 팔거나 가정의 저녁거리로 활용했다.

마사히루는 그물에 커다란 추가 달린 어망을 이용해 조업 을 진행했는데, 한국의 투망과 비슷한 원리였다.

하지만 그 크기가 조금 더 크고 구멍도 넓어서 작은 고기보 다는 30cm 이상의 큰 고기를 낚을 수 있도록 되어 있었다.

촤라라라락!

원심력을 이용해 그물을 던진 후 떡밥을 뿌리면서 물고기 를 유혹해 걷어 올리는 형식의 조업이 계속되었다.

강수와 마사히루는 오늘 처음 합을 맞추는 사람이라고는 전혀 생각되지 않을 정도로 손발이 척척 맞아떨어졌다.

원래 시골에서 자란 강수이기 때문에 이런 민물 조업은 상 당히 익숙했고, 또한 전생에서도 야전생활을 오래해서 조업 엔 자신이 있었다.

그래서인지 마사히루는 강수와 조업하는 것에 무척이나 편했다.

"자네 원래 어부였나? 합이 좋군."

"아닙니다. 촌장님의 노하우가 좋아서 제가 그것에 묻어가는 것이지요."

"하하, 아닐세. 오늘의 조과는 거의 자네가 다 이루었다고 해도 과언이 아닐세."

뉘엿뉘엿 해가 질 때쯤 그물을 정리하고 오늘의 조과를 살펴보니 마사히루가 흡족해할 만했다.

오늘은 어른 허벅지만 한 연어가 스무 마리, 씨알 좋은 떡붕어가 서른 마리가량 잡혔다.

이 중에는 민물 장어도 세 마리 정도 섞여 있어서 하루 조업치고는 상당히 성과가 좋은 편이었다.

이것을 장에 내다 팔면 꽤 높은 값을 받을 수 있을 터였다.

마사히루는 작은 특장차에 물을 채우고 그 안에 물고기를 집어넣어 신선도를 유지했다.

그럼과 동시에 물이 흐려지지 않도록 공기순환장치를 가동시켜 생명의 보존까지 신경 썼다.

하루의 조과를 마친 그는 다테 시 인근에 있는 어판장으로 향했다.

호숫가에서 약 두 시간 거리에 있는 어판장에는 꽤나 많은 어부들이 몰려 있었다.

이곳은 관광객들을 상대로 장사를 하는 식당이 즐비하기 때문에 저녁쯤에도 재료를 구하러 오는 사람이 상당히 많았다.

특히 장어구이나 연어 훈제를 판매하는 사람들은 주로 밤에 거래하기 때문에 오늘의 조과에 따른 판매는 밤에 하는 것이 좋을 것이다.

마사히루는 어판장에 고기를 하역하고 크기에 맞는 값을 받아 챙겼다.

그런데 강수가 생각한 것보다는 값이 조금 적은 것 같았다.

"덤터기를 쓰셨나?"

강수가 고개를 갸웃거리는 찰나, 한 중년인이 마사히루에게 쌀 포대와 야채 바구니를 건넸다.

"자, 말한 물건일세."

"고맙네."

"별말씀을."

알고 보니 그는 고기 중 일부를 물물교환해서 식량을 구한 것이었다.

그는 연신 고개를 갸웃거리는 강수에게 웃으며 말했다.

"하하, 자네는 내가 덤터기라도 쓰는 줄 알았던 모양이지?"

"예, 그렇습니다. 워낙 야쿠자들이 판을 치는 곳이니까요."

"아무리 저들이 악독해도 이곳까진 들어올 수 없다네. 잘못하면 칼에 맞아 죽거든."

그제야 강수는 이곳이 일본 전역에서 가장 칼을 잘 쓰는 곳임을 인지할 수 있었다.

민물고기를 손질해 팔기 위해선 칼질을 연마해야 하고, 그것이 오래 쌓이다 보면 성격이 걸걸해진다.

만약 이곳에 야쿠자들이 들이닥쳤다간 아주 예리한 칼날에 맞아 죽을 수도 있을 것 같았다.

마사히루 역시 그런 어부정신으로 지금까지 버티고 버텨온 모양이었다.

강수는 새삼 가장의 무게가 얼마나 무겁고 거친지 다시금 깨달았다.

*　　　*　　　*

그날 저녁, 요시야마 집안의 저녁 준비가 한창이다.

둘째 딸 마사코는 직접 숯불을 피우고 물고기를 손질하여 양념까지 해 구이를 만들었고, 강수와 마사히루는 마루에 걸터앉아 그물을 손질하고 있었다.

큰딸 미사코는 동네 동사무소에서 사무직으로 일하는데, 정부에서 지급되는 돈이 적어서 박봉이라고 했다.

하지만 그녀는 아버지의 곁을 지키기 위해 박봉을 견뎌내며 자신을 희생하고 있었다.

그런 그녀를 위해 동생 마사코는 고등학생임에도 불구하

고 매일같이 집안일을 도맡아서 했다.

마사히루는 그런 딸들에게 한없이 미안한 감정이 들어 씁쓸한 미소를 지었다.

그는 가녀린 몸매에 야무진 손을 가진 둘째 마사코를 바라보며 말했다.

"어때? 내 딸이지만 예쁘지 않아?"

"그렇군요. 과연 아이누 족의 피가 진하게 녹아 있어 신비로운 매력이 느껴집니다."

"생각 있나?"

"무, 무슨……."

"자네가 장가를 온다면 지참금으로 낚싯배를 주겠네. 내전 재산이지만 딸이 행복하다면 그것으로 만족하네."

강수는 화들짝 놀라 손을 내저었다.

"아, 아닙니다! 무슨 그런……."

"왜? 내 딸이 그렇게 매력이 없나?"

"아니요. 그런 문제가 아닙니다. 한국에서는 미성년자와의 교제가 불법이란 말입니다."

"흠, 그래? 하지만 이건 교제가 아니라 결혼, 그러니까 합방인데?"

"그, 그래도 안 됩니다."

"그렇군."

마사히루는 농담 반 진담 반으로 강수에게 장가들 것을 권유한 것이지만, 정작 당사자, 딸은 기분이 상당히 나쁜 것 같았다.

그녀는 매서운 눈으로 마사히루를 노려보며 투덜거리듯 말했다.

"아빠는 도대체 이 딸을 뭐라고 생각해? 틈만 나면 어떻게든 해치우려 든다니까. 차라리 저 개들 팔자가 더 편하겠어."

"쳇, 귀도 밝지."

"다 들리게 말한 사람이 누구더라?"

"크, 크흠! 어서 밥을 짓자고! 첫째가 도착하겠어."

"예, 촌장님."

강수는 딸에게 기가 눌려 사는 마사히루가 조금 불쌍하기도 했지만 그 희생을 감수하는 두 부녀가 멋져 보인다.

이런 각박한 세상에 욕심 하나 없이 이렇게 정직하고 맑게 산다는 것이 얼마나 힘든 일인가?

그는 잠시나마 자신을 되돌아보는 시간을 가졌다.

그리고 약 10분 후, 마사히루가 그렇게 입에 침이 마르도록 칭찬하던 첫째, 미사코가 도착했다.

딸랑딸랑!

두발자전거를 타고 돌아온 그녀는 나풀거리는 치마에 하늘거리는 긴팔 티셔츠를 입고 있었는데, 그럼에도 불구하고 아름다운 몸매가 그대로 드러나 있었다.

강수는 그 고운 자태가 과연 경국지색이라고 생각했다.

"다녀왔습니다."

"그래, 어서오너라!"

버선발로 딸을 마중 나가는 마사히루, 강수는 어쩐지 그 심정을 십분 이해할 수 있었다.

저렇게 아름다운 딸을 슬하에 두었다면 그 누구라도 똑같은 행동을 했을 것이다.

그런 그녀에게 인사를 건네려던 강수, 하지만 그는 화들짝 놀라 입을 꾹 다물고 말았다.

'어, 어라?'

그녀는 바로 자신이 어제 구해준 그 묘령의 여인이었다.

인연이라면 참으로 기가 막힌 인연이겠으나 강수는 어제 봉지로 얼굴을 가리고 있어서 아마 그녀는 그를 알아볼 수 없을 것이다.

그럼에도 불구하고 괜히 정체가 탄로날까 봐 노심초사하는 강수다.

그런 그에게 미사코가 먼저 인사를 건넸다.

"안녕하세요? 전화로 얘기 들었습니다. 한국에서 오셨다고요?"

"네, 그렇습니다."

"기왕지사 오신 김에 편하게 지내셨으면 좋겠네요."

강수를 바라보며 미소를 짓는 그녀, 집에 들어온 그녀의 표정은 어제와는 비교가 될 수 없을 정도로 편안해 보였다.

아마 어제의 어두웠던 모습은 자신의 처지를 비관하는 심경을 대변하는 것 같았다.

그는 이 가정을 깨뜨리기 위해 호시탐탐 기회를 노리고 있는 가타노리 회라는 야쿠자를 더 이상 용서할 수 없다고 생각했다.

'그래, 힘을 가진 자가 나서지 않으면 안 된다.'

자신의 이득을 위해서이기도 하지만 강수는 자신이 그들을 짓눌러야 한다고 생각했다.

그것이야말로 노블레스 오블리주를 실천하는 일이기 때문이다.

                    *   *   *

가타노리 야부로는 올해로 서른다섯이 된 야쿠자이지만, 여전히 가정을 꾸리지 못했다.

상당히 난봉꾼 기질이 다분한 그이기에 장가를 드는 것이 여간 힘든 것이 아니었고, 또한 처녀가 아니면 흥분을 못하는 특이한 여성 편력 때문에 결혼은 언감생심 꿈도 못 꾸었다.

결혼을 못한 노총각 히스테리에서 몰려드는 공허함을 채우기 위해 그는 하루에도 다섯 명이 넘는 처녀들과 잠자리를 가졌다.

물론 그 잠자리는 조직원들이 마련한 불법 성매매나 납치 강간이다.

그는 홋카이도 지역 전역에서 잡아들인 중학생이나 고등학생, 가출 청소년, 혹은 이제 막 술집으로 팔려온 여자들을 억지로 취하곤 했다.

술집 아카이도.

이곳의 지하실은 오로지 가타노리 야부로 한 사람을 위한 공간이었다.

오늘 잡혀온 여성은 총 열 명. 이중에는 돈이 궁해서 따라 나온 처녀도 있고 뭣도 모르고 집을 나왔다가 납치를 당한 학생도 있었다.

하지만 대부분 눈을 가리기 때문에 야부로가 어떻게 생겼는지, 또한 뭐하는 사람인지 알 수가 없다.

그저 영문도 모른 채 강제로 성폭행을 당한 후에 버려지는 것이다.

오늘의 첫 희생양은 하코다테에서 잡아들인 가출 소녀로 겨우 열네 살에 불과했다.

"흑흑, 살려주세요!"

"큭큭큭! 당연히 죽이지는 않겠다. 하지만 기분이 너무 좋아서 네가 스스로 자지러져 죽을 수는 있겠지."

"흑흑, 제발! 저는 아직 처녀란 말이에요!"

"알아. 그러니까 이곳에 온 거지. 나는 처녀가 아니면 절대로 손을 대지 않거든."

그의 괴상망측한 성욕이 어째서 처녀에게만 발동되느냐하면 그에는 아주 깊은 사연이 있었다.

야부로는 어려서부터 조직 생활에 몸을 담아온 사람으로 꽤 많은 여자들과 만남을 가져왔다.

때론 술집 여성이나 풍속집 여성들과 관계를 갖으며 성생활을 이어왔다.

하지만 그는 결코 해당 여성들과 관계를 지속하지 못했는데, 그것은 바로 엄청나게 작은 물건 때문이었다.

그의 비공식적인 별명은 살찐 애벌레, 다른 말로는 돼지 구더기로도 불렸다.

마치 애벌레처럼 쭈글쭈글한데다 크기가 거의 좁쌀만 한 그의 물건을 좋아할 여인은 그리 많지가 않았다.

또한 동침에 들어가자마자 30초도 되지 않아 시들시들해져 버리는 그의 물건은 어지간해서는 만족을 주기 힘든 여건이라고 할 수 있었다.

아무리 인내심이 많은 여성이라고 해도 작은 물건에 발기 부전은 버텨낼 수 없었던 것이다.

그렇다 보니 그는 남성의 손을 최대한 타지 않은 여자들만 골라서 관계를 가졌고, 종국에는 숫처녀이거나 그에 가장 가까운 여자만을 찾아다니게 된 것이다.

야부로는 기름기가 좔좔 흐르는 얼굴을 어린 소녀의 얼굴에 비비며 연신 더러운 미소를 지었다.

"큭큭큭! 그래, 이것이야말로 내가 진정으로 바라는 파라다이스지!"

"흑흑, 살려주세요!"

"자, 이제……."

바로 그때, 굳게 닫혀 있던 지하실의 문이 열리며 무려 10 명이 넘는 부하들이 쏟아져 들어왔다.

"크헉!"

"형님!"

"뭐, 뭐야?!"

마치 쓰레기장에 굴러들어 가는 폐기물처럼 아무렇게나 널브러진 그들의 얼굴에는 하나같이 검은색 비닐봉지가 씌워져 있었다.

그리고 목덜미가 꽉 묶여 있어서 제대로 숨도 쉬지 못했다.

이 모든 것을 자행한 이는 그들과 비슷한 형태의 비닐봉지에 구멍을 뚫어 가면을 만든 한 사내였다.

순간 야부로는 마치 귀신이라도 본 사람처럼 화들짝 놀라며 소리쳤다.

"사, 살려줘! 살려줘!"

"이 새끼, 내가 한 번 봐줬다고 아주 날개를 펼치고 강간 공화국을 세우고 있었군그래."

"씨발! 살려달라고!"

급기야 그는 자신의 주변에 있던 상자에서 권총을 꺼내어 의문의 사내에게 겨누었다.

철컥!

"한 발자국만 움직여 봐! 아주 대가리에 바람구멍을 내줄 테니까!"

"후후, 정말? 정말이야? 다시 한 번 생각하고 말해. 잘못하면 죽을 수도 있으니까."

"흥! 총에 장사 있더냐?!"

이윽고 그는 정말로 방아쇠를 당겼고, 총알은 봉지사내의 눈두덩으로 보이는 곳에 적중했다.

타앙, 서격!

묵직한 타격, 그는 틀림없이 목표물에 탄환이 적중했다고 확신했다.

"큭큭큭! 별것도 아닌 놈이……."

하지만 착각은 딱 거기까지였다.

총알을 맞은 사내는 이내 별 대수롭지 않다는 듯이 고개를 갸웃거렸고, 탄환은 가루가 되어 떨어져 내렸다.

사그라라락.

"허, 허억!"

"이 새끼가 아주 죽으려고 환장을 했군."

그는 아주 천천히 야부로를 향해 다가왔고, 야부로는 무려 여섯 발이나 되는 탄환을 모조리 소모했다.

탕탕탕탕탕!

"이런 개새끼야! 죽어! 죽으라고!"

하지만 그는 아주 의연하게 걸어와 탄환이 다 떨어진 총구의 끝을 두 손가락으로 잡았다.

그리곤 그것을 반원 모양으로 구부려 버렸다.

끼이이이이익!

"허, 허억!"

"내가 장담하는데, 너는 아마도 진작 죽지 못한 것을 후회하게 될 거다."

그리고 이어지는 구타. 애석하게도 그의 주먹은 야부로의 중요 부위만 골라서 타격했다.

퍽퍽퍽퍽!

"끄아아악, 끄아아아아악!"

사내의 고환에 전해지는 타격은 가히 출산의 고통과 맞먹는 것으로, 잘못하면 쇼크로 사망할 수도 있었다.

하지만 그는 야부로가 죽든 말든 상관없다는 듯 계속해서 고환을 두들겨 팼다.

퍽퍽퍽퍽!

끝내는 고환이 다 뭉개져 거의 물처럼 될 때까지 두들겨 패고 나서야 그는 야부로의 몸을 뒤로 돌려주었다.

"이런, 많이 아팠지? 거세를 시키는 방법이 워낙 많아서 고민하다 보니 머리가 아파서 말이야. 그중에서도 가장 간단한 방법을 썼다. 어때? 아주 깔끔하게 없어졌지?"

"허억! 씨발, 도대체 나에게 왜 이러는 건데?!"

"왜 이러는 거냐고? 그걸 정말 몰라서 묻는 것이냐?"

강수는 눈을 가린 채 몸을 오들오들 떨고 있는 소녀를 가리키며 말했다.

"저 어린 소녀를 좀 봐라. 네가 납치해 억지로 취하려던 아이다. 아마도 저 아이는 평생 그 치욕적인 기억을 지우지 못한 채 살아가겠지. 어쩌면 다신 남자를 만날 수 없을지도 모른다."

"그, 그건······."

"그래서 난 이런 결정을 내렸다. 너를 아예 구제불능으로 만들기로. 그리고 다시는 이 땅에 강간이 없어지도록 너를 본

보기로 희생시키기로 말이다."

이윽고 봉지를 쓴 청년은 그의 상의를 뜯어내 문신이 새겨지지 않은 부분을 찾아냈다.

부우우우욱!

"옳지. 마침 얼굴과 배에는 문신이 없구나!"

따다다다다닥!

"으, 으아아아아악!"

청년은 정체불명의 기계로 살을 두드리기 시작했고, 그것은 아주 선명한 글귀를 남겼다.

마치 불로 지진 듯한 상처, 아마도 이것은 그가 죽어서 가루가 되기 전까지는 없어지지 않을 것이다.

제10장
원정 영웅

늦은 밤, 강수는 자신이 봉지를 쓴 채 잡아들인 야부로를 오토바이 짐칸에 싣고 도로를 내달리고 있었다.

부아아아아앙!

"사, 살려주세요! 제발요!"

"알아. 너를 죽이려는 것은 아니다. 다만 네가 왜 이런 말도 안 되는 일을 겪었는지 만천하에 알려야 하기에 어쩔 수 없이 달리는 것뿐."

"흑흑!"

이미 야부로는 남자로서 제 구실을 할 수 없을 뿐만 아니라 얼굴에 '강간범' 이라는 문신과 화상이 자리를 잡아 더 이상 얼굴을 들고 다닐 수 없게 되었다.

하지만 강수는 그것으로 끝나지 않고 야부로를 시작으로 이 일과 관련된 사람들을 잡아 숙청시킬 생각이었다.

야밤에 폭주족을 연상시키는 그의 주변으로 경찰들이 다가오기 시작했다.

그리곤 그를 향해 사이렌을 울리며 경고 방송을 보냈다.

"전방에 오토바이! 오토바이 세우세요! 경고합니다! 전방에 오토바이! 세우세요! 안 세우면 발포합니다!"

유명 정치인들과 친분이 있는 야부로이기 때문에 아마도 경찰들은 정말 실탄이라도 쏴서 오토바이를 멈추려 들 것이다.

하지만 그런 협박 따위가 강수에게 먹혀들 리 없었다.

"이 나라도 윗대가리들이 아주 글러먹었군. 이러니 민생이 점점 더 힘들어지지."

강수는 오히려 속력을 높여 삿포로 시가지 안으로 들어섰다.

부아아아앙!

빠앙!

그는 일부러 이 근방에서 가장 잘나간다는 폭주족의 오토바이를 훔쳐 몰고 있었는데 그 때문에 홋카이도 전역이 들썩거리고 있었다. 강수는 그 기세를 몰아 사람들이 가장 많은 번화가 안으로 들어가 야부로가 강간범이라는 사실을 만천하게 알리기 시작했다.

"외쳐! 내가 강간범이라고 외쳐! 어서!"

"흑흑, 하지만……."

"여기서 떨어지면 무척이나 아플 텐데?"

지금 강수가 살짝 브레이크를 잡기만 해도 야부로의 몸은 저 멀리 날려가 거꾸로 떨어져버릴 것이다.

한마디로 머리를 박살내는 것쯤은 아무것도 아니라는 소리였다. 아무리 성기가 절단됐다고 해도 목숨까지 끊어진 것은 아니기 때문에 야부로는 울며 겨자 먹기로 외치기 시작했다.

"흑흑, 저는 강간범입니다!"

"더 크게!"

"저는 강간범입니다!"

"네가 강간한 사람들의 이름, 나이를 쭉 나열해! 어서!"

"흑흑, 삿포로시에 거주하는 열일곱 살 아무로 나나에, 하코다테에 거주하는 열여섯 살 나카지마 카나에……."

그의 강간 고백에 사람들은 고개를 갸웃거렸지만, 몇몇 사람들은 그것이 자신의 죄를 시인하는 것임을 알아챘다.

워낙 많은 사람을 강간하고 버린 야부로이기 때문에 이 중에 몇 사람은 미제로 끝난 그 사건을 기억하고 있었던 것이다.

덕분에 경찰들은 점점 더 많이 몰려들어 이제는 서로 세력 싸움까지 벌이는 처지가 되었다.

한쪽에선 강간범을 체포해야 한다는 여론이 일었고, 한쪽에서는 납치범부터 체포해야 한다는 여론이 일었다.

"저런 개새끼! 감히 우리 경찰을 유린해?!"

"아니, 아니지! 저 사람은 강간범을 잡았다! 강간범을 강간범이라고 하는 것이 도대체 무슨 잘못이란 말인가?!"

"그래도 우리는 경찰이다! 범죄자를 가만히 지켜보는 것은 옳지 않단 말이다!"

"개소리!"

"뭐, 뭐라?!"

홋카이도 지방 경시청이 둘로 나뉘어 대립하는 구도가 연출되었고, 급기야 그들은 멱살잡이까지 서슴지 않았다.

강수는 그런 그들을 바라보며 슬그머니 미소를 지었다.

"아무리 그래도 뿌리까지 죄다 썩지는 않은 모양이군. 진작 이런 개새끼를 잡으려 인력을 더 투자했으면 얼마나 좋아? 굳이 다른 나라 사람이 직접 나서서 이 짓을 해줘야겠어?"

"흑흑!"

그는 아직도 눈물을 흘리고 있는 야부로의 뒤통수를 치며 말했다.

퍼억!

"이런 개새끼, 왜 울다가 말아?! 죽고 싶어?!"

"아, 아닙니다! 아오모리에 사는 열세 살 츠카사오 아키……."

"뭐, 열세 살?! 이런 미친놈을 보았나?! 이 새끼 이거 진짜 개새끼네!"

끝도 없이 쏟아지는 그의 강간 고백을 듣고 있던 강수가 이내 오토바이를 멈추어 세웠다. 그리곤 사람들이 구름처럼 모여든 시가지 광장에서 계속해 강간 고백을 하도록 지시했다.

"츠카사오 아키라는 소녀가 몇 살이라고?"

"흑흑, 열세 살입니다."

그의 강간 고백을 들은 삿포로 시민들은 격노하여 그에게 있는 물건, 없는 물건 가리지 않고 손에 잡히는 대로 죄다 집어 던지기 시작했다.

퍽퍽퍽!

"이런 천하의 빌어먹을 놈 같으니! 네가 그러고도 사람이냐?!"

"죽어라!"

"으윽!"

이미 그의 하의는 피로 물들어 있었으며, 얼굴에는 강간범의 낙인이 찍혀 있다.

하지만 이것만으론 그를 단죄했다고 볼 수 없었다.

확실히 사람들의 심판을 받고 그것이 이어지는 동안 벌어질 엄청난 지탄과 비난을 이겨내야 비로소 속죄받을 수 있었다.

그제야 강수는 삿포로 시민들에게 강간범 야부로를 풀어

주었다.

"가라. 가서 시민들에게 단죄를 받아라."

"흑흑, 살려주십시오!"

"나는 너를 분명히 살려주었다. 이제 네가 죽고 사는 문제
는 시민들의 손에 달렸다."

"아이고, 제발……!"

그는 무릎을 꿇은 채 강수의 발에 매달렸지만 강수는 매몰
차게 그를 떼어냈다.

퍼억!

"크흐윽!"

"꺼져라, 이 더러운 자식아! 네놈은 벌을 받아야 한다!"

"흑흑흑!"

어차피 이 사람을 법원에 넘겨봐야 그리 큰 벌을 받을 것
같지 않은 강수는 직접 시민들에게 재판권을 넘겼다.

아마 이 사람을 돌로 쳐 죽인다고 해도 어떤 누가 머리를
맞추고 몸통을 맞췄는지 가려내기 힘들 것이다.

다만 이들이 손속에 사정을 두고 야부로를 친다면 살아날
가능성은 충분했다.

"그럼 난 이만……."

강수는 이내 복면을 쓴 채 모습을 감추었고, 삿포로 시민들
은 하나둘 야부로에게 다가오기 시작했다.

      *   *   *

강수가 야부로를 풀어놓은 다음날, 그가 중환자실에서 치료를 받고 있다는 뉴스가 보도되었다.

일부 국민들은 그가 죽지 않았기 때문에 정의가 실현되지 못했다고 비난했지만 그래도 아직 온정이 남아 있던 모양인지 목숨만은 살려주자는 의견이 많았다.

그렇게 지독한 심판을 받고도 야부로는 법정에서 징역 15년 형을 받았다.

하지만 시민들은 도대체 강간범에 대한 처우가 이게 뭐냐는 여론을 재기했고, 곧 국민에 의해 항소심이 열릴 예정이었다.

하지만 이 사건은 단순히 한 사람의 범인을 잡은 것으로 끝나지 않고 일본 사회에 엄청난 파장을 가져왔다.

봉지를 쓴 강수를 두고 여론은 의적, 혹은 영웅이라며 칭송하기 시작했다.

뉴스는 이 의문의 청년에 대해 앞다투어 보도하고 취재하기 시작했지만, 여전히 실마리는 찾지 못한 상태였다.

일이야 어찌 되었건 눈앞의 골칫거리가 하나 사라진 강수는 드디어 홋카이도 소형 아파트 사업자 선정에 내정되었다.

한국계 기업도 아니고 일본계 기업도 아닌 KS투자개발이 입찰에 성공한 것은 상당히 이례적인 일이었다.

지금 야부로의 가타노리 건설은 입찰을 전면 포기한다는 각서를 냈고, 그저 넋을 놓고 있던 기업들은 전부 일찌감치 발길을 돌린 상태였다.

한마디로 강수는 야부로가 사라지면서 어부지리로 사업자 선정에 내정된 것이다.

어부지리로 자리를 얻었건 뒷구멍에 돈을 찔러주며 얻었건 입찰자에 선정되었다는 것은 틀림없는 사실이었다.

이제 그는 부지를 올바른 가격에 매입하고 이곳에 사는 원주민들에게 우선입주권을 주는 방안을 추진하고 있었다.

하지만 그마저 쉽게 돌아갈 것 같지 않았다.

가카와키 초에 마련된 KS투자개발사무실.

이곳은 이제 건설현장사무소로 사용될 예정이다.

엄연히 말하자면 개인적인 공간임에도 불구하고 이곳에 국회의원 두 사람이 찾아왔다.

그들은 야쿠자들은 잔뜩 대동하고 있었는데, 겉으로 보기엔 그냥 경호원처럼 보이기도 했다.

하지만 언뜻언뜻 보이는 회칼은 그들이 경호원은 절대로 아니라는 것을 입증하고 있었다.

이른 아침부터 강수를 찾아온 의원은 자신들을 유명 정치인이라고 소개했다.

그리곤 뻔뻔하게도 강수에게서 사업권을 회수하겠다고 말하는 것이 아닌가?

황당한 표정의 강수는 그들에게 잘못 들었다는 듯이 되물었다.

"뭘 가지고 가신다고요?"

"사업권을 회수한다고 했네."

"법적으론 아무런 문제가 없는 낙찰입니다. 정식으로 사업자등록도 끝냈고요. 정식 허가가 내려온 것을 무슨 근거로 뒤집는다는 것입니까?"

"…자네, 우리가 누구인지 모르는가?"

강수는 실소를 흘렸다.

"홋, 웃기는 아저씨들이네. 내가 당신들이 누구인지 어떻게 압니까?"

"뭐라?!"

"아하, 배지를 보아하니 국회의원인 모양이군요. 하지만 저는 한국 사람이라 당신들이 얼마나 대단한 똥을 쳐 싸시는지는 잘 모릅니다."

"……"

지금 강수는 자신의 속내를 전부 다 털어놓았고, 그 발언은 도저히 이들로선 상상조차 할 수 없는 것이었다.

잠깐 강수의 사무실에 간식을 가져다주려 들른 마사코는

화들짝 놀라 하마터면 바구니를 놓칠 뻔했다.

"이봐요! 지금 뭐하는 거예요? 우리 마을을 아주 불태우려 작정했어요?!"

강수는 고개를 갸웃거렸다.

"국회의원이면 국회의원이지 마을을 왜 불태웁니까? 당신들이 뽑아준 사람입니다. 그런 사람이 왕처럼 군림하면 민주주의는 어떻게 실현합니까?"

구구절절 옳은 소리만 해대는 강수에게 말로는 형용할 수 없는 분노를 느낀 두 국회의원이 자리에서 벌떡 일어섰다.

"한국에서 왔다더니 역시나 저돌적이군. 저급하고 저속하며 지저분하고 더러운 청년이야."

"이하 동문입니다. 반질반질한 대가리만큼이나 하는 짓도 최악이군요. 저런 똥냄새 나는 아가리로 이빨이나 털고 다니니 이 동네가 이 모양 이 꼴이지. 쯧쯧."

"혹시 정신이 나갔나? 국회의원에게 욕을 하고도 살아남을 사람이 있을 것 같은가?"

"있지요. 바로 저."

강수는 자리에서 일어서더니 이내 테이블 아래에서 굵은 소금을 꺼내 두 사람에게 뿌렸다.

"훠이! 훠이!"

"이, 이런 미친놈을 보았나?! 이게 지금 뭐하는 짓거리야?!"

"한국에선 더럽고 부정한 것을 보았을 때 이렇게 소금을 뿌립니다. 그럼 액땜을 할 수 있다고 믿기 때문이죠."

"이런 정신 나간……!"

급기야 강수는 국회의원들 뒤에 서 있는 야쿠자들에게도 소금을 뿌렸다.

"휘이! 물렀거라!"

"이, 이런 개자식을 보았나?!"

주머니에서 회칼을 꺼내려는 그들에게 국회의원들이 손을 들어 멈추라는 의사를 표현했다.

"가만히, 가만히 있게."

"하지만……."

"지켜보는 눈이 있잖아. 보이지 않나?"

멀뚱멀뚱 이 상황을 지켜보고 있던 마사코를 발견한 야쿠자들은 이내 다시 회칼을 집어넣을 수밖에 없었다.

"운이 좋은 놈이군."

"후후, 내가 원래 좀 운이 좋아. 그러니 너희들 같은 희귀한 미친놈들을 다 만났지. 이런 구경을 도대체 언제 해보겠어?"

강수는 두 손으로 그들을 밀어냈다.

"어이, 저리 꺼져! 어서!"

"이런 빌어먹을!"

이러지도 저러지도 못하는 사이, 야쿠자들은 어느새 밖으로 쫓겨나고 말았다. 그런 그들을 바라보던 두 국회의원이 말했다.

"…저놈에 대해서 조사해라. 하나도 빠짐없이 아주 낱낱이 말이다."

"예, 알겠습니다."

이윽고 그들은 가카와키 초에서 발걸음을 돌렸다.

*　　　*　　　*

늦은 밤, 정치 깡패 나나세 회의 중간보스 코와사키 쿄지로가 갈지자로 유흥가를 거닐고 있다.

딸꾹!

"어허, 좋다!"

그의 곁에는 두 명의 여성이 안겨 있었는데, 그녀들은 오로지 쿄지로에게서 돈을 뜯어내기 위해 온갖 애교를 동원하고 있었다.

"자기야, 오늘 우리랑 같이 언제까지 있어줄 거야?"

"큭큭, 언제까지 있긴, 밤을 지새워야지! 이 몸이 아주 화끈 달아오르게 만들어주마!"

"야호, 신난다!"

그녀들의 애교에 신바람이 난 쿄지로는 주머니에서 1만 엔짜리 지폐 두 장을 꺼내어 각각 나누어주었다.

그러자 그녀들은 한층 더 높아진 콧소리로 그를 유혹했다.

"아잉, 자기야! 빨리 가자! 우리 둘 다 급해 죽겠어!"

"하하, 하하! 그래, 알겠다! 아주 요절을 내주지!"

두 여인의 가슴을 양 손으로 휘어잡은 그는 금방이라도 거사를 치를 기세로 모텔을 찾아 돌아다녔다.

그런 그에게 한 사내가 다가와 앞을 가로막았다.

"뭐야? 안 꺼져?"

퍼억!

안하무인의 쿄지로가 그를 밀치려 발을 뻗었지만, 사내는 꿈쩍도 하지 않았다. 오히려 그는 쿄지로가 뻗은 발을 확 낚아채 그대로 회전시켜 버렸다.

뚜두두둑!

"끄아아아악!"

"꺄아아아악!"

술이 확 깰 정도로 엄청난 고통을 수반한 복합골절은 잘못하면 장애로 이어질 수 있기 때문에 조속한 처치가 생명이다.

하지만 이미 병원과는 꽤나 멀리 온 쿄지로이기 때문에 어쩔 도리가 없었다.

이윽고 그에게 또 다른 청년이 나타나더니 쓰러진 그에게 다가와 물었다.

"네놈이 쿄지로냐?"

"허억! 이런 개새끼! 어디에서 보냈냐?! 나카지마회냐?!"

"나카지마회는 무슨, 아직도 정신을 못 차렸구먼?"

어두워서 얼굴을 제대로 볼 수는 없지만 그는 악마와 같은 미소를 짓고 있는 것이 분명했다.

"큭큭! 오늘 아주 재미있는 놈을 발견했어!"

"크룩, 크룩!"

더군다나 정체를 알 수 없는 숨소리까지 내는 그들, 쿄지로는 뭔가 잘못되어도 한참 잘못되었다는 사실을 깨달았다.

"워, 원하는 것이 뭐냐?!"

"쯧, 아직도 공손해지지 못했군."

이윽고 그는 다른 한쪽 다리마저 꺾어버렸다.

뚜두두둑!

"끄악, 끄아아아악!"

"겸손해라. 사람은 원래 사람을 대할 때 겸손해야 하는 법이거든."

"허억, 허억!"

흐릿해지는 쿄지로의 시야, 그의 시야에 다리를 꺾어버린 청년의 얼굴이 정확하게 보였다.

순간 그는 눈을 번쩍 떴다.

"비, 비닐?!"

"동태눈이군. 이제야 이것을 보다니 말이야."

비닐봉지를 머리에 뒤집어쓴 청년은 쿄지로에게 가까이 얼굴을 들이밀며 말했다.

"너희들은 사회의 악이다. 다시 한 번 더 내 눈에 띄는 행동을 했다간 아주 씨를 말려주마."

"흐, 흥! 개소리! 내가 죽으면 우리 조직 전체가 힘을 합쳐 너를 처단할 것이다!"

"큭큭, 이 새끼 이거 완전 돌았구먼?"

"쿠큭, 쿠큭!"

도쿄도 전역을 휘어잡을 정도로 엄청난 세력을 자랑하는 나나세 회 연합은 삿포로 전역에 걸쳐 그 세를 떨치고 있다.

쿄지로는 자신이 속한 나나세 회 연합의 힘을 믿고 한껏 허세를 부렸다.

"이미 너는 죽은 목숨이다. 정체를 밝힌다면 목숨만은 살려주지."

"큭큭, 이거 참 재미있는 놈이군. 내 정체가 궁금하다고?"

"그, 그렇다!"

신원 미상의 청년들은 잠시 자신들끼리 무언가 말을 주고받더니 이내 다시 웃음을 지었다.

"후후, 네놈은 특별히 땅에 묻어주도록 하지. 그럼 다시는 조직을 동원할 수 없겠지?"

"뭐, 뭐라?"

"죽은 자는 말이 없는 법, 죽어서 속죄해라."

"자, 잠깐!"

그는 다시 한 번 별이 반짝거리는 것을 경험했고, 이내 정신을 잃고 말았다.

*　　　*　　　*

나나세 회 중간보스 쿄지로가 실종되고 난 후 나나세 회 연합에 속한 중간보스가 하나둘씩 사라지기 시작했다.

그리고 약 일주일 후, 무려 150명에 달하는 인원이 종적을 감추었다.

경찰은 그들을 찾기 위해 경찰견까지 동원하고 있었지만, 여전히 성과를 거두지 못하고 있었다. 하지만 단 하나의 단서가 남아 있었는데, 그들이 타고 다닌 차량 위에 두 개의 구멍이 뚫린 비닐봉지가 놓여 있었다는 것이다.

경찰은 이를 두고 전부 다 동일범의 수행이라고 단정 짓고 수사망을 확대시켰다. 하나 여론은 그와 반대로 여전히 봉지를 쓴 의적을 지지하고 있었다.

심지어는 그에게 '봉지 레인저'라는 이름까지 붙여가며 응원하는 사람이 늘어가고 있는 실정이었다.

물론 그를 따라서 모방 범죄를 일으키는 사람이 제법 있었지만 그때마다 어김없는 단죄가 이어졌다.

강수는 자신을 모방한 범죄자들에겐 지금까지 자행한 고문보다 훨씬 더 가혹한 벌을 내렸는데, 가장 대표적으로 봉지를 뒤집어쓰고 무장 강도짓을 도모했다가 은행금고 CCTV로 두들겨 맞아 두 팔과 두 다리를 모두 잃을 뻔한 일이다.

가히 충격적이기까지 한 그의 엽기적 행각은 시일을 거듭할수록 잔악해졌는데 그럴수록 사람들은 그의 의적 행위를 지지했다.

전문가들은 그가 시민을 대신하여 경찰이 못하는 단죄를 하고 있다고 분석했다. 그로 인한 카타르시스가 극에 달해 여론이 좋은 쪽으로 풀려 나간다는 것이 지배적이었다.

이러한 상황이 계속되는 가운데, 나나세 회의 보스 나나세 야스오는 불안감에 몸을 떨었다.

한번 납치 대상으로 찍으면 반드시 처단해 버리는 봉지 레인저가 언제 들이닥칠지 모른다고 생각했기 때문이다.

그는 사면이 모두 콘크리트 벽으로 된 패닉 룸에 기거하고 있었는데, 이곳은 오로지 가족과 부하들만이 출입할 수 있었다. ID카드를 사용하지 않으면 들어올 수 없는 시스템이기 때문에 그나마 안심할 수 있었다.

패닉 룸 안, 나나세 야스오는 벌써 일주일째 잠을 이루지 못하고 있었다.

"봉지, 봉지, 봉지……."

급기야 신경쇠약 직전까지 내몰린 그는 이리저리 방을 돌아다니며 연신 불안한 마음을 분출시키고 있었다.

그런 그를 바라보며 정신과 전문의들은 하나같이 고개를 가로저었다.

"검은 봉지인지 뭔지를 처단하지 않는 이상 나아지지 않을 겁니다."

"그, 그게 무슨 소리요? 나아지지 않을 것이라니."

"정신병은 그 근간을 치료하지 못하면 소용이 없습니다. 특히나 목숨에 관련된 강박증의 경우엔 더더욱 그렇지요."

"젠장!"

나나세 야스오의 오른팔 미즈노리 마모루는 이 사태를 과연 어떻게 헤쳐 나가야 좋을지 고민에 빠져들었다.

보스가 없는 나나세 회가 과연 제대로 돌아갈 수 있을지는 지구의 내핵이 없이 인류가 생존하는 것과 다를 바 없었다.

차라리 지구를 떠나서 화성이나 목성에 자리를 펴면 모를까, 그렇지 않고선 절대로 답을 찾을 수 없는 사태였다.

'제기랄, 결정하기가 정말 어렵군.'

현재 모든 재산이 나나세 야스오의 앞으로 되어 있기 때문에 그가 조직을 나간다면 나나세 회는 이대로 무너져 내리고 만다.

하지만 이대로 가만히 앉아 있다면 휘하의 분파들이 분명 쿠데타를 획책할 것이 뻔했다.

한마디로 그는 진퇴양난에 빠져버린 것이다.

"후우……."

답답한 마음에 담배를 꺼내 든 마모루, 그런 그에게 이상한 징후가 느껴졌다.

드드드득.

"으음?"

뚜껑을 열어 가스 불을 만들어내는 듀퐁 라이터의 불길이 서서히 흔들리더니 이내 자신의 구두까지 바닥과 마찰을 일으키고 있는 것이 아닌가?

"지진?"

이런 지진은 꽤나 흔한 일이기 때문에 문제될 것은 없었지만, 중요한 것은 이곳이 지진에서 가장 안전한 패닉 룸이라는 것이다. 이 건물 자체가 흔들리는 일은 있어서는 안 되며, 그렇다는 것은 누군가가 폭탄을 터뜨리지 않고선 성립 자체가 되지 않는 일이었다.

하지만 그 말도 안 되는 일이 눈앞에서 벌어지고 말았다.

쿵쿵쿵, 쾅!

"여기군."

"허, 허억! 이, 이게 무슨……."

"저놈이 야스오인가? 아무튼 이곳에 있는 놈들을 죄다 잡아라!"

"크룩!"

얼굴에 검은 봉지를 쓴 청년들은 일사불란하게 움직이며 패닉 룸에 있는 세 남자를 순식간에 제압했다.

퍽퍽퍽!

"커흑!"

도저히 힘으론 상대가 불가능할 것 같은 덩치에 신속한 처치까지 도무지 인간이라곤 생각할 수 없었다.

그나마 그들을 지휘하는 남자만이 사람처럼 보였다.

마모루는 손과 발이 꽁꽁 묶인 채로 발버둥을 쳤다.

"이거 놔라!"

"저 미친놈, 하여간 저런 놈이 꼭 하나씩 있게 마련이지."

잠시 후 그는 주변에 널브러져 있던 파편을 하나 줍더니 이내 마모루의 손가락을 내려찍었다.

퍼억!

"끄아아아악!"

"어이쿠! 손등을 찍는다는 것이 실수했군. 다음에는 손등이다. 조금 더 아플 것이다. 각오해."

"자, 잠깐! 도대체 우리에게 왜 이러는 건가?!"

"정의를 실현하기 위함이랄까? 아마 너희들도 스스로가 사회악이라는 것을 잘 알 텐데?"

"그, 그게 무슨 소리냐? 사회악이라니?!"

"듣자 하니 정치인들의 밑을 닦아주며 온갖 나쁜 짓거리를 다 하고 다닌다고 하던데, 아닌가? 참고로 대답을 잘못하면 머리, 두 번 틀리면 누구처럼 불알이 없어진다."

"…정치인들을 따라다닌 것은 맞는 일이지만……."

"어이쿠, 틀렸군."

그는 정말 거침없이 머리를 내려쳤고, 아주 손톱만큼 각도가 빗나가 머리의 가죽이 찢어지는 사태가 벌어졌다.

푸슈슈슈슉!

"끄아아악, 끄아아아악!"

사람의 머리를 정통으로 찍던 비스듬히 찍던 고통이 수반되는 것은 마찬가지다.

그는 고통에 몸부림을 쳤고, 봉지 레인저가 다시 물었다.

"다시 한 번 묻지. 너희들은 국회의원들을 따라다니면서 온갖 나쁜 일을 다 했지?"

"그, 그렇다."

"그럼 그에 대한 정확한 진술을 스스로 녹음해라. 그렇지 않으면 이 자리에서 너희들은 다 죽는다."

"그, 그럼 우리는 모두 다 끝이다!"

"최소한 목숨은 건지겠지. 감옥에서 썩든 이곳에서 죽든 마찬가지라고 생각하면 불지 마라. 알아서 고통스럽게 잘 죽여줄 테니까."

상당히 하드코어한 방법이지만, 분명 이것은 경찰에게 넘길 자백을 만들어내는 과정이 틀림없었다.

그렇게 되면 자신들은 물론이고 국회의원들까지 법정에 서게 될 것이 뻔했다.

'그래, 국회의원들이 둘이나 관련되어 있는데 죽기야 하겠어?'

머리가 어떻게 돌아간 것인지 알 수는 없었지만 분명 그는 국회의원들과의 관계가 자신을 지켜줄 것이라고 믿었다.

"조, 좋다! 하겠다!"

"그래? 생각보단 머리가 잘 돌아가는 놈이군. 국회의원들을 건드리면 너희들까지 살아남을 수 있을 테니까. 그렇지?"

"그, 그건 아니고……."

"뭐, 좋다. 아무렴 어떤가? 너희들을 감옥으로 보내는 것이 중요한 일이지."

이윽고 그는 자신이 국회의원들을 따라다니며 자행한 모든 범죄를 자백하기 시작했다.

*   *   *

일본 여당 소속 나카무라 세이치로는 요즘 검은 봉지의 레인저들 때문에 머리가 터질 지경이었다.

자신의 수족을 하나둘 없애는 바람에 사업에 차질이 빚어질 것으로 보였기 때문이다.

"빌어먹을!"

그는 한국에 있는 투자자들에게서 벌써 계약금은 물론이고 중도금까지 다 받아 챙긴 상태였다.

자신의 영향력으로 땅 투기를 진행할 수 있다고 믿은 그는 꽤나 큰 건수를 잡아 투자자를 모집했다.

그중에는 한국은 물론이고 동남아시아까지 세력을 떨치고 있는 그룹도 속해 있었다.

물론 그들은 일본 정치인과 사업가들까지 엮여 있어 잘못 건드리면 아무리 국회의원이라도 무사하지 못할 것이다.

그들은 돈이 하늘이라고 생각하는 사람들이기 때문에 물불을 가리지 않고 살해를 시도할 것이기 때문이다.

하지만 바로 그때, 그런 그에게 청천벽력 같은 소식이 하나 더 들려왔다.

따르르르릉!

"여보세요?"

─나카무라 의원님, 한국의 북동그룹입니다.

순간 그의 뒷덜미가 싸늘해지며 모골이 송연해졌다.

"아, 하하! 양희진 총괄이사님! 이 시간엔 어쩐 일이십니까?"

—소식 들었습니다. 일본 땅 투기가 좌절될 것 같다면서요?

"아, 아닙니다! 그럴 리가 있습니까?! 전혀 차질 없이 진행될 겁니다!"

—흐음, 그래요?

"물론이지요."

—하긴 꼭 그래야 할 겁니다. 당신이 만들어준 타이칭 정유가 남의 손에 넘어갔으니까요.

"예, 예?!"

그는 얼마 전 중국인 재벌 2세와 손을 잡고 베트남 계열 정유회사를 세워 채굴권을 밀매했다.

당시 그는 엄청난 금액을 횡령하여 회사를 휴지조각으로 만들어 버려 시가총액을 낮추어놓았다.

그렇게 되면 거의 면세에 가까울 정도로 저렴한 가격에 회사를 굴릴 수 있고, 그에 반해 비밀리에 채굴까지 감행하면서 별다른 세금을 내지 않을 수 있었던 것이다.

하지만 그 회사는 경영권이 조금이라도 흔들리면 곧장 남에게 적대적 인수 합병을 당할 수 있는 상황이었다.

처음 타이칭 정유를 세울 때부터 이런 사태를 우려한 양희진이지만 그는 우격다짐으로 회사를 세웠다.

그리고 지금은 결국 다른 사람에게 회사를 빼앗기게 된 것이다.

'젠장, 젠장!'

중요한 것은 그 사실을 양희진이 나카무라 세이치로보다 먼저 알았다는 점이다.

잘못하면 지금쯤 먼저 자객이 동원되었을지도 모른다.

그는 재빨리 머리를 굴렸지만, 양희진은 빠져나갈 구멍을 원천 봉쇄해 버렸다.

—결자해지, 빠져나갈 생각일랑 아예 하지도 마세요. 행여나 그런 궁리를 손톱만큼이라도 한다면 당장 죽습니다.

"그, 그럴 리가요! 한 번만 더 기회를 주십시오!"

—흠, 그래요. 삼세번이라는 말도 있으니 기회를 한 번 더 드리지요.

"감사합니다!"

—단, 이틀 주겠습니다. 그 안에 관련자를 잡아다 내 앞에 데리고 오세요.

"알겠습니다! 지금 당장 움직이겠습니다!"

—그래요. 빨리 움직이는 것이 좋을 겁니다.

"감사합니다!"

이윽고 전화를 끊은 그는 자신의 보좌관에게 급히 전화를 걸었다.

그리곤 현재 KS투자개발이라는 상호의 회사에 대해 알아보도록 지시했다.

그러자 그는 한 사람의 이름을 거론했다.

―이강수라는 사람이 대표로 있습니다. 현재 삿포로 신도시 개발에도 연관되어 있지요.

순간 그의 얼굴이 잔뜩 일그러졌다.

"뭐라? 이강수? KS의 이강수 말인가?"

―예, 의원님.

그는 실소를 흘리며 강수의 얼굴을 상기시켰다.

"훗, 웃긴 놈이군. 별의별 짓거리를 다 하고 다니잖아?"

―어떻게 할까요?

"어떻게 하긴, 잡아다 족쳐야지."

―예, 알겠습니다.

이내 전화기를 내려놓고 지친 몸을 소파에 내던지는 세이치로. 그는 살며시 눈을 감았다.

"후우, 힘들군."

바로 그때, 그의 얼굴로 10명 남짓한 그림자가 서서히 모습을 드러내었다.

그리고 그는 아무런 감흥도 없이 잠에 빠져들었고, 결국 10명의 그림자에게 둘러싸이고 말았다.

펴억!

*　　　*　　　*

　동해바다 먼 곳으로 배를 몰아가는 강수, 그의 얼굴에는 옅은 미소가 묻어나고 있었다.

　"흐음, 이번에는 놈을 어떻게 요리해 줄까?"

　그는 무려 200명에 달하는 야쿠자들을 잡아다 중국 탄광에 처박아 버렸다.

　지금 그들은 오크들의 혹독한 매질을 견디며 갱생을 거치고 있고, 이제 곧 환골탈태하여 다른 사람으로 변해갈 것이다.

　강수는 이번에 잡아들인 극우파 일본 국회의원을 통해 잘못된 것들을 하나둘씩 바로잡을 생각이다.

　만약 할 수 있다면 한국의 정치인들까지 싹 정리해 버리고 싶었지만, 그러기엔 범위가 너무 넓다는 것이 문제였다.

　"여기서 만족해야 하나?"

　삿포로 하나만을 놓고 벌이는 공방전이라면 몰라도 한국까지 세력을 넓히는 것은 꼬리가 밟히기 딱 좋았다.

　그는 별수 없이 세이치로만 잡아 족친 후에 슬슬 일을 마무리하기로 했다.

　부아아아앙!

　재빨리 배를 몰아 약속 장소에 도착해 보니 오크들이 얼굴을 가린 세이치로에게 매질을 퍼붓고 있었다.

짜악, 짜악!

"크윽!"

"크룩, 크룩! 죽어라!"

오크들의 잔악함은 상상 그 이상이기 때문에 한 번이라도 잘못 건드리면 목숨을 부지하기 힘들었다.

아마도 이대로 가만히 내버려 둔다면 몸에 살점이 하나도 남아 있지 않을 때까지 매질을 할 수도 있었다.

강수는 이쯤에서 매질을 끝내기로 했다.

"그만, 그만해라."

"크룩, 예, 알겠습니다."

이윽고 그는 봉지를 뒤집어쓴 후 세이치로의 복면을 벗겼다.

"허억, 허억!"

"놈, 이제야 정신이 좀 드나?"

"도, 도대체 나에게 원하는 것이 뭐냐?! 돈? 돈이라면 얼마든지 줄 수 있다!"

"호오, 돈이라… 돈 좋지. 하지만 나는 돈 별로 안 좋아해. 안 되겠군. 이놈을 바다에 수장시켜야겠다."

"크룩, 알겠습니다."

"자, 잠깐! 원하는 것은 뭐든지 다 들어주겠다!"

"후후, 정말 내가 원하는 것은 다 들어줄 수 있나?"

"물론이다!"

강수가 다시 그를 살려주려는 찰나 전화기가 울렸다.

지이이이잉!

그는 세이치로의 핸드폰을 꺼내어 발신지를 확인해 보았다.

[양희진 총괄이사]

순간 강수는 고개를 갸웃거렸다.

"이 여자는 누구냐?"

"그, 그건……."

"대답 잘하는 것이 좋을 거다. 이번에는 쉽게 죽이지 않아."

"하, 하지만……."

"아하, 죽고 싶은 모양이군. 담가 버려."

"예, 마스터."

"자, 잠깐! 말하겠다! 그러니 제발 좀 죽이겠다고 협박 좀 하지 마라! 나도 생각할 시간이 필요하단 말이다!"

"그럴 시간이 어디 있어? 죽여 버려!"

"예, 알겠습니다."

"아, 알겠다! 말하겠다!"

강수의 끈질긴 추문에 세이치로가 드디어 정직하게 입을 열었다.

"그 여자는 북동그룹 양희진 총괄이사다."

"너와는 어떤 사이지?"

"…그런 것도 말해야 하나?"

"죽고 싶은가 보지?"

"아, 알겠다."

그는 한참을 망설이다가 뒷이야기를 슬슬 풀어놓기 시작했다.

"나는 5년 전 중국계 재벌 2세와 땅 투기를 시작했다. 그때의 나는 아직 정치계에서 제대로 자리를 잡지 못한 상태였지. 잘 알겠지만 정치라는 것이 대부분 돈 거래로 이뤄진다. 난 그 정치자금을 마련하기 위해 이곳저곳에 땅을 사놓고 그곳에 개발계획이 맞아떨어지도록 조종했다."

"이를테면 어떤 지역의?"

"한국의 정선이나 중국의 화이런 지방이지."

강수는 북동그룹과 그가 아주 깊이 관련되어 있다는 사실을 알 수 있었다.

아마도 이 모든 사태는 그가 양희진과 손을 잡고 일으킨 사태임이 틀림없었다.

그는 이제는 전부 다 포기했다는 듯이 자포자기의 심정으로 말을 이었다.

"그 이후엔 일본과 중국, 한국을 오가며 땅 투기를 했다. 그 자금으로 지금까지 올 수 있었던 것이지."

"흐음."

"요즘에는 베트남 유전에 관심이 있어서 회사를 세우고 석유 지분을 확보했다. 그런데 세금이 생각보다 많이 나오더군. 그래서 한 사람을 회장으로 지명한 후 자금을 가지고 튀도록 지시했다. 그랬더니 세금은커녕 아예 유령 회사로 낙인찍혀 숨만 깔딱깔딱 몰아쉬는 경지가 되어버렸지."

순간 강수는 고개를 갸웃거렸다.

"유전에서 기름을 채취했다고?"

"그렇다. 양희진과 같은 사람이 단순히 베트남 시장에서 주식 사기나 칠 것 같은가? 조금 더 확실한 자금을 원하는 그녀에겐 유전과 같은 대박 아이템 정도는 안겨줘야 내가 죽지 않아."

"…그 유전을 가진 회사의 이름이 뭐지?"

"아마 말을 해도 모를 텐데."

"내가 아까 전에 뭐라고 했더라?"

끝까지 회사의 이름만은 지키려고 하던 그는 이내 입을 열고 말았다.

"젠장, 이렇게 된 마당에 무슨 말을 못하겠나? 그 회사의 이름은 타이칭 정유다. 하지만 지금은 중국계 회사로 탈바꿈했지. 뭐라더라?"

강수는 그의 얘기를 모두 듣고 난 후 속으로 쾌재를 불렀다.

'이 새끼 이거 생각보다 물건인데?'

유전의 가치는 돈으로 환산하기 힘들 정도로 엄청날 텐데 그것을 헐값에 사들였다는 것은 엄청난 일이다.

그는 끝내 강수의 이름을 거론하며 죽을 길을 재촉했다.

"이강수, 이강수라고 했다. 놈이 회사를 꿀꺽했더군."

"아하, 이런 사람?"

이윽고 강수가 봉지를 벗었고, 세이치로는 마치 꿀 먹은 벙어리처럼 입을 떡 벌렸다.

이제 강수는 그에게 조금 더 본격적이고도 노골적인 질문을 던졌다.

"양희진은 지금 또 무슨 짓을 꾸미고 있나?"

"그, 그건……."

"잘 생각해서 대답해라. 잘못 선택하면 네 가족도 조만간 바닷물이 어떤 맛인지 몸소 체험하게 될 테니."

강수는 김명두가 찍어놓은 세이치로의 가족사진을 보여주었고, 그는 이내 고개를 푹 숙였다.

"제발, 제발 내 가족만은……."

"이런 개자식, 아무리 개 같은 놈이라도 가족은 소중한 모양이지?"

"아들이 이번에 아이를 낳았다. 아이를 봐서라도……."

"아이는 이 사회가 알아서 키울 것이다. 너무 걱정하지 마. 아이는 살려줄 테니까."

"흑흑, 제발……!"

세이치로는 의외로 손자에 대한 사랑이 대단했는데, 강수는 그 점을 이용하여 그를 제대로 협박할 생각이다.

"자, 결정해라. 양희진이 벌인 사업은 또 뭐가 있어?"

"그건……."

강수는 그가 하는 말을 고스란히 받아 적었고, 이내 강수의 입가에 미소가 번졌다.

"후후, 그렇군!"

이제 그는 다시 배를 돌려 육지로 향했다.

"네 가족이 다치지 않으려면 처신을 잘해야겠지?"

"…그렇지."

"일단 집으로 돌아가라. 그리고 아무런 일도 없다는 듯 행동해."

"하지만 그녀가 나를 살려두지 않을 것이다. 벌써 약속한 기한이 지나 버렸거든."

"그렇다면 봉지 핑계를 대. 그러면 최소한 죽이지는 않을 것이다."

"후우……."

아무리 그의 말이 절반만 맞는다고 해도 이미 세이치로는 양희진을 배신한 것이 틀림없다.

아마 강수가 그녀에 대한 정보를 조금만 누설해도 그는 금방 목이 달아날 것이다.

그는 세이치로에게 전화기를 하나 건넸다.

"받아라. 이제부터 이것으로 나와 연락을 취한다."

"하지만 그러다가 잘못해서 발각이라도 되면……."

"죽는 것이지. 하지만 내 전화를 안 받아도 죽는다. 양단간의 결정은 네가 내리도록."

"……."

세이치로는 아무런 말없이 전화기를 주머니에 갈무리했고, 강수는 울릉도 쪽으로 배를 몰았다.

"울산에서 배를 타고 일본으로 가라. 금방 일본에 닿을 거다."

"…고맙다."

강수는 그를 울릉도 선착장에 내려준 후 이내 자신의 갈 길을 찾아 떠났다.

『현대 소환술사』 6권에 계속…

박선우 장편 소설
FUSION FANTASTIC STORY

PERFECT GAME 퍼펙트 게임

고통과 좌절의 시간들을 뛰어넘어
불사조처럼 일어나 세계를 제패한 사나이의 일대기.

대한민국을 넘어 메이저리그를 평정하며
명예의 전당에 헌정된 언터처블 투수, 이강찬.

강철 같은 어깨에서 뿜어져 나오는 그의 패스트볼은
무적이었으며 야구계에 길이 남을 신화였다.

야구만을 사랑했던 고독한 사나이.
그의 퍼펙트게임이 이제 시작된다!

Book Publishing CHUNGEORAM

청어람 아남 저국수구
WWW.chungeoram.com

가프 장편 소설

관상왕의
1번룸

FUSION FANTASTIC STORY

거대한 도시의 그늘에서 벌어지는
짜릿하고 통쾌한 이야기!

『관상왕의 1번룸』

텐프로의 진상 처리 담당, 홍 부장.
절망적인 삶의 끝에서 만난 남국의 바다는
그를 새로운 인생으로 인도하는데…….

쾌락을 원하는 거부, 성공에 목마른 사업가,
그리고 실패로 절망한 사람들이여.

여기, 관상왕의 1번룸으로 오라!

Book Publishing CHUNGEORAM

유행이 아닌 자유추구 -
WWW.chungeoram.com

현대 소환술사

THE MODERN SUMMONER

FUSION FANTASTIC STORY
현윤 퓨전 판타지 소설

하늘이 무너져도 솟아날 구멍은 있다!

드래곤의 실험으로 모진 고난을 겪어야 했던 레비로스!
우여곡절 끝에 소환술사가 되어 최강의 자리에 오르지만
운명은 그를 나락으로 떨어뜨린다.

『현대 소환술사』

다시 한 번 주어진 삶!
그러나 그마저도 암울하기 그지없는데…….

소환술사 레비로스의
인생 역전이 시작된다!

Book Publishing CHUNGEORAM